LE VIEUX
QUI LISAIT
DES ROMANS
D'AMOUR

Le Monde du bout du monde
Métailié, 1993
Seuil, « Points », n° P 32

Un nom de torero
Métailié, 1994
Seuil, « Points », n° P 237

Le Neveu d'Amérique
Métailié, 1996
Seuil, « Points », n° P 494

Histoire d'une mouette et du chat
qui lui apprit à voler
illustré par Miles Hyman
Métailié/Seuil, 1996

Rendez-vous d'amour
dans un pays en guerre
et autres histoires
Métailié, 1997
Seuil, « Points », n° P 622

Journal d'un tueur sentimental
Métailié, 1998
Seuil, « Points », n° P 986

Yacaré
Métailié, « Suites », 1999

Les Roses d'Atacama
Métailié, 2001

Luis Sepúlveda

LE VIEUX
QUI LISAIT
DES ROMANS
D'AMOUR

ROMAN

*Traduit de l'espagnol (Chili)
par François Maspero*

Éditions Métailié

TEXTE INTÉGRAL

TITRE ORIGINAL
Un viejo que leía novelas de amor
© by Luis Sepúlveda,
by arrangement with Dr Ray-Güde Mertin,
Literarische Agentur

ISBN 2-02-023930-2
(ISBN 2-86424-127-7, 1re publication brochée
ISBN 2-02-020116-X, 1re publication poche)

© Éditions Métailié, 1992, pour la traduction française
© Le Monde, août 1992, pour la présentation

Le vieil homme et la forêt

Premier roman d'un écrivain chilien entré dans la quarantaine, par ailleurs totalement inconnu, publié par une maison d'édition qui ne dispose pas de moyens importants, *Le vieux qui lisait des romans d'amour* connaissait un large succès public avant même que les médias ne s'emparent de sa toute fraîche célébrité. Mieux encore, en quelques jours, le bref roman de Sepúlveda recevait deux prix littéraires considérés comme antinomiques, celui, à vocation populaire, des Relais H, qui assurait sa présence dans toutes les librairies de gares, et celui, fort élitiste, de France-Culture, qui l'ornait d'un incontestable label intellectuel.

Un livre qui plaît ainsi à tout le monde est *a priori* suspect, et il n'a pas manqué de s'élever, dans le concert général de louanges, quelques voix dénonçant l'insupportable confusion : Sepúlveda bénéficiait d'un phénomène de mode et ne pouvait donc être aimé que pour de mauvaises raisons.

Il serait sans doute intéressant de tenter une approche sociologique sérieuse de ce succès inattendu et du rapprochement autour d'un même livre de lecteurs dont les goûts et les attentes sont généralement aux antipodes. Comment *Le vieux qui lisait des romans d'amour* a-t-il créé cet improbable consensus, non dans la mollesse des concessions et des indifférences, mais dans l'enthousiasme et le plaisir ?

Le sujet du roman n'y est pas pour rien. Sepúlveda le dédie à son ami Chico Mendes, le défenseur de la forêt amazonienne, « l'une des figures les plus illustres et les plus conséquentes du mouvement écologique universel », assassiné l'an dernier par des hommes de main « armés et payés par de plus grands criminels, de ceux qui ont tailleur et manucure et qui disent agir au nom du "progrès" ». Le livre est une dénonciation impitoyable, bien que sans emphase, de la destruction aveugle, systématique, cruelle et stupide de cette forêt-continent qu'est l'Amazonie et, à travers elle, des équilibres fragiles et vitaux qui lient l'homme et son environnement naturel.

Le goût des images

Sepúlveda n'entonne pas la vieille antienne du bon sauvage qui s'oppose au méchant civilisé, son vieux héros n'a rien d'un innocent primitif – il dévore des romans d'amour, c'est tout dire – et le monde dans lequel il vit ne s'appelle El Idilio que par ironie et antiphrase. Rien de moins idyllique que ce bord de fleuve noyé de pluie et de boue, dangereux, brutal, hanté par la peur et par la souffrance, enfermé dans sa solitude et son ressassement. La nature, montre Sepúlveda, ce n'est pas le paradis, pas le jardin d'Éden. C'est un être immense et terrible auquel sont liés, pour le meilleur et pour le pire, tous ceux qui y participent, hommes et plantes, bêtes et fleuves, dans un embrassement permanent, à la fois vital et mortel, lucide et aveugle, hostile et amoureux, brutal et rusé.

L'écologisme de l'écrivain chilien est tout le contraire de naïf ou de simpliste. Il affirme, à l'inverse, que la naïveté et les idées simples sont aussi dangereuses, aussi meurtrières que les plus cyniques volontés de domination et de destruction. Le face-à-face avec la nature réclame moins des sentiments qu'un fabuleux trésor de savoirs et de savoir-faire accumulés par les hommes qui affrontent quotidiennement cette réalité infiniment complexe. Sepúlveda constate que le « progrès », tel que l'entendent ceux qui exploitent la forêt amazonienne, conduit aussi à la disparition de ces hommes qui savent.

Mais la rigueur et la vigueur de cette démonstration n'auraient certainement pas exercé une telle séduction si l'auteur s'en était tenu à des arguments intellectuels.

La forêt amazonienne n'a d'autre réalité, pour la plupart d'entre nous, que celle des images que nous en proposent les mots et les livres.

Nous avons, nous aussi, comme le vieux, besoin qu'on nous raconte des romans pour pouvoir atteindre une réalité qui sans eux demeurerait, au sens propre, inimaginable.

Nous demandons du rire et des larmes, du rêve et des émotions, de la couleur et de la musique. Sepúlveda nous offre tout cela en brassées généreuses et fraîches. Il a le sens du récit, ramassé et efficace, le goût des images soigneusement ciselées, un grand don d'évocation qui lui permet de rendre simples en les stylisant les choses, les êtres et les événements les plus compliqués. Il ne lui faut pas vingt lignes pour qu'on tombe sous le charme de cette feinte candeur, de cette fausse légèreté, de cette innocence rusée. Ensuite, on file, sans pouvoir s'arrêter, jusqu'à une fin que notre plaisir juge trop rapide.

PIERRE LEPAPE
© *Le Monde*

Au moment même où, à Oviedo, les jurés qui allaient décerner à ce livre le prix Tigre Juan étaient en train de le lire, à des milliers de kilomètres de distance et d'ignominie une bande d'assassins armés et payés par de plus grands criminels, de ceux qui ont tailleur et manucure et qui disent agir au nom du « progrès », mettaient fin à la vie de l'homme qui fut l'un des plus ardents défenseurs de l'Amazonie et l'une des figures les plus illustres et les plus conséquentes du mouvement écologique universel.

Tu ne liras pas ce roman, Chico Mendes, ami très cher qui parlait peu et agissait beaucoup, mais ce prix Tigre est aussi le tien, comme il est celui de tous les hommes qui continueront sur le chemin que tu as tracé, notre chemin collectif pour défendre ce monde, notre monde, qui est unique.

L.S.

A mon lointain ami Miguel Tzenke, syndic shuar de Shumbi dans le haut Nangaritza et grand défenseur de l'Amazonie.

C'est lui qui, une nuit, par ses récits débordants de magie, m'a révélé certains détails de son monde vert inconnu que j'ai utilisés plus tard, en d'autres confins du monde équatorial, pour construire cette histoire.

L.S.

1

Le ciel était une panse d'âne gonflée qui pendait très bas, menaçante, au-dessus des têtes. Le vent tiède et poisseux balayait les feuilles éparses et secouait violemment les bananiers rachitiques qui ornaient la façade de la mairie.

Les quelques habitants d'El Idilio, auxquels s'étaient joints une poignée d'aventuriers venus des environs, attendaient sur le quai leur tour de s'asseoir dans le fauteuil mobile du dentiste, le docteur Rubincondo Loachamín, qui pratiquait une étrange anesthésie verbale pour atténuer les douleurs de ses clients.

– Ça te fait mal ? questionnait-il.

Agrippés aux bras du fauteuil, les patients, en guise de réponse, ouvraient des yeux immenses et transpiraient à grosses gouttes.

Certains tentaient de retirer de leur bouche les mains insolentes du dentiste afin de pouvoir lui répondre par une grossièreté bien sentie, mais ils se heurtaient à ses muscles puissants et à sa voix autoritaire.

– Tiens-toi tranquille, bordel ! Bas les pattes ! Je sais bien que ça te fait mal. Mais à qui la faute, hein ? A moi ? Non : au gouvernement ! Enfonce-toi bien ça dans le crâne. C'est la faute au gouvernement si tu as les dents pourries et si tu as mal. La faute au gouvernement.

Les malheureux n'avaient plus qu'à se résigner en fermant les yeux ou en dodelinant de la tête.

Le docteur Loachamín haïssait le gouvernement. N'importe quel gouvernement. Tous les gouvernements. Fils illégitime d'un émigrant ibérique, il tenait de lui une répulsion profonde pour tout ce qui s'apparentait à l'autorité, mais les raisons exactes de sa haine s'étaient perdues au hasard de ses frasques de jeunesse, et ses diatribes anarchisantes n'étaient plus qu'une sorte de verrue morale qui le rendait sympathique.

Il vociférait contre les gouvernements successifs de la même manière que contre les gringos qui venaient parfois des installations pétrolières du Coca, étrangers impudiques qui photographiaient sans autorisation les bouches ouvertes de ses patients.

A quelques pas de là, l'équipage du *Sucre* chargeait des régimes de bananes vertes et des sacs de café.

Sur un bout du quai s'amoncelaient les caisses de bière, d'aguardiente « Frontera », de sel, et les bonbonnes de gaz débarquées au lever du jour.

Le *Sucre* devait appareiller dès que le dentiste aurait terminé de réparer les mâchoires, pour remonter les eaux du Nangaritza, déboucher dans le Zamora et, après quatre jours de lente navigation, rejoindre le port fluvial d'El Dorado.

Le bateau, une vieille caisse flottante mue par la volonté de son chef mécanicien, les efforts des deux costauds qui composaient l'équipage et l'obstination phtisique d'un antique diesel, ne devait pas revenir avant la fin de la saison des pluies dont le ciel en deuil annonçait l'imminence.

Le docteur Rubincondo Loachamín venait deux fois par an à El Idilio, tout comme l'employé des Postes, lequel n'apportait que fort rarement une lettre pour un habitant et transportait essentiellement dans sa sacoche délabrée des papiers officiels destinés au maire ou les portraits sévères, décolorés par l'humidité, des gouvernants du moment.

Du passage du bateau, les gens n'attendaient rien d'autre que le renouvellement de leurs provisions de sel, de gaz, de bière et d'aguardiente ; mais la venue du dentiste était accueillie avec soulagement, surtout par les rescapés de la malaria, fatigués de cracher les débris de leur dentition et désireux d'avoir la bouche nette de chicots afin de pouvoir essayer l'un des dentiers étalés sur un petit tapis violet qui évoquait indiscutablement la pourpre cardinalice.

Toujours vitupérant contre le gouvernement, le dentiste débarrassait leurs gencives de leurs ultimes vestiges dentaires, après quoi il leur ordonnait de se rincer la bouche avec de l'aguardiente.

– Maintenant, voyons. Comment tu le trouves, celui-là ?

– Il me serre. Je peux pas fermer la bouche.

– Allons donc ! Tu parles d'une bande de délicats ! Bon, on en essaye un autre.

– Il flotte. Si j'éternue, il va tomber.

– T'as qu'à pas t'enrhumer, couillon. Ouvre la bouche.

Et ils lui obéissaient.

Ils essayaient plusieurs dentiers, finissaient par trouver le bon et discutaient le prix, tandis que le dentiste désinfectait les autres en les plongeant dans une marmite d'eau chlorurée bouillie.

Pour les habitants des rives du Zamora, du Yacuambi et du Nangaritza, le fauteuil mobile du docteur Rubincondo Loachamín était une institution.

En fait il s'agissait d'un vieux siège de coiffeur avec le socle et les bras émaillés de blanc. Il fallait toute la force du patron et des matelots du *Sucre* réunis pour le hisser à quai et l'installer sur une estrade d'un mètre carré que le dentiste appelait la « consultation ».

– Sur la consultation, c'est moi qui commande, nom de Dieu ! Ici, on m'obéit. Une fois en bas, vous pouvez m'appeler arracheur de dents, fouille-gueules, tripoteur de langues ou tout ce qui vous passe par la tête. Et vous pouvez même m'offrir un verre.

Ceux qui attendaient leur tour faisaient des têtes d'enterrement, et ceux qui passaient par les pinces d'extraction n'étaient pas plus brillants.

Les seuls personnages à garder le sourire, autour de la consultation, c'étaient les Jivaros qui observaient, accroupis.

Les Jivaros. Des indigènes rejetés par leur propre peuple, le peuple des Shuars, qui les considérait comme des êtres avilis et dégénérés par les habitudes des « Apaches », autrement dit les Blancs.

Les Jivaros, habillés avec les guenilles des Blancs, acceptaient sans protester ce nom dont les avaient affublés les conquérants espagnols[1].

La différence était immense entre un Shuar hautain et orgueilleux, qui connaissait les régions secrètes de l'Amazonie, et un Jivaro tel que ceux qui se réunissaient sur le quai d'El Idilio dans l'espoir d'un peu d'alcool.

Les Jivaros souriaient en montrant leurs dents pointues, aiguisées avec des galets du fleuve.

– Et vous autres ? Qu'est-ce que vous regardez ? Un jour ou l'autre, vous allez y passer, macaques, les menaçait le dentiste.

Ravis qu'on leur adresse la parole, les Jivaros répondaient :

– Jivaros avoir bonnes dents. Jivaros beaucoup manger viande de singe.

1. Jivaro, ou plus exactement *jíbaro*, veut dire « sauvage » en espagnol.

Parfois un patient poussait un hurlement qui affolait les oiseaux, et il écartait la pince d'un coup de poing en portant sa main libre au manche de sa machette.

– Tiens-toi comme un homme, connard. Je sais que ça te fait mal, et je t'ai déjà dit à qui c'est la faute. Alors ne fais pas le méchant. Assieds-toi là et montre-nous que tu as des couilles au cul.

– Mais vous m'arrachez l'âme, docteur. Laissez-moi boire un coup.

Le dentiste finit d'opérer son dernier client et poussa un soupir. Il emmaillota dans leur tapis cardinalice les dentiers qui n'avaient pas trouvé preneur et, tout en désinfectant ses instruments, il regarda passer la pirogue d'un Shuar.

L'indigène pagayait debout, à l'arrière de la mince embarcation. Arrivé près du *Sucre*, il donna deux petits coups de pagaie qui la collèrent au bateau.

La figure renfrognée du patron apparut par-dessus le bastingage. Le Shuar lui expliquait quelque chose en gesticulant de tout son corps et en crachant sans arrêt.

Le dentiste sécha ses instruments et les rangea dans une trousse en cuir. Puis il prit le récipient contenant les dents arrachées et le vida dans le courant.

Le patron et le Shuar passèrent à côté de lui pour se diriger vers la mairie.

– Il va falloir attendre, docteur. Ils nous amènent un gringo mort.

La nouvelle ne lui fit pas plaisir. Le *Sucre* était un engin inconfortable, particulièrement pendant le voyage de retour, quand il était chargé de bananes vertes et de sacs de café brut, tardif et à moitié pourri.

Si les pluies prenaient le bateau de vitesse, chose qui semblait probable car il avait une semaine de retard du fait de diverses avaries, alors cargaison, passagers et équipage devraient se partager l'abri d'une bâche, sans

17

espace suffisant pour tendre les hamacs ; autant dire que la présence d'un mort rendrait le voyage doublement pénible.

Le dentiste aida à remonter le fauteuil mobile à bord, puis gagna le bout du quai. Il y était attendu par Antonio José Bolivar Proaño, un vieil homme au corps toujours nerveux, qui ne semblait pas accorder d'importance au fait de porter un nom aussi illustre.

– Toujours pas mort, Antonio José Bolivar ?

Le vieux fit mine de se flairer les aisselles avant de répondre.

– On dirait bien que non. Je ne pue pas encore. Et vous ?

– Comment vont tes dents ?

– Je les ai sur moi, répondit le vieux en mettant une main dans sa poche. Il déploya un mouchoir déteint et lui montra sa prothèse.

– Et pourquoi tu t'en sers pas, vieille bourrique ?

– Je les mets tout de suite. Je ne mangeais pas, je ne parlais pas, alors à quoi bon les user ?

Le vieux ajusta son dentier, fit claquer sa langue, cracha généreusement et lui tendit sa bouteille de Frontera.

– Merci. Je crois que je l'ai bien gagné.

– Sûr. Vous avez arraché vingt-sept dents entières et un tas de chicots. Mais vous n'avez pas battu votre record.

– Tu tiens toujours le compte ?

– C'est à ça que ça sert, l'amitié. A chanter les mérites des amis. Mais quand même, c'était mieux avant, vous ne trouvez pas ? Quand on voyait encore arriver des colons jeunes. Vous vous souvenez de l'homme de Manta, celui qui s'est fait arracher toutes les dents pour gagner un pari ?

18

Le docteur Rubincondo Loachamín inclina la tête pour mettre de l'ordre dans ses souvenirs et retrouva l'image d'un homme plus très jeune, vêtu à la mode mantuvienne. Tout en blanc, pieds nus mais portant des éperons d'argent.

L'homme de Manta était arrivé à la consultation accompagné d'une vingtaine d'individus, tous passablement ivres. C'étaient des chercheurs d'or sans base fixe. On les appelait les pèlerins et ils n'étaient pas regardants sur la manière de trouver leur or, dans les rivières ou dans les poches d'autrui. L'homme s'était laissé tomber dans le fauteuil et l'avait regardé d'un air stupide.

– Qu'est-ce que tu veux ?

– Vous me les arrachez toutes. Une par une. Et vous les mettez là, sur la table.

– Ouvre la bouche.

L'homme avait obéi et le dentiste avait constaté que plusieurs de ses molaires étaient pourries mais qu'à côté, il lui restait beaucoup de dents, certaines cariées et d'autres saines.

– Il t'en reste encore un bon lot. Tu as de quoi payer toutes ces extractions ?

L'homme avait abandonné son expression stupide.

– Ben voilà, docteur : les amis ici présents me croient pas quand je leur dis que je suis courageux. Alors je leur ai dit que j'allais me faire arracher toutes les dents, une par une, sans me plaindre. Alors on a parié. Alors tous les deux, vous et moi, on partage moitié moitié.

– A la deuxième tu chieras dans ton froc et tu appelleras ta mère, avait crié quelqu'un dans le groupe, et tous les autres avaient ri bruyamment.

– Tu ferais mieux de continuer à boire et de réfléchir. Je ne joue pas à ces conneries, avait dit le dentiste.

– Alors voilà, docteur : si vous me laissez pas gagner mon pari, je vous coupe la tête avec cette camarade-là.

Les yeux de l'homme brillaient tandis qu'il caressait la poignée de sa machette.

Il avait bien fallu tenir le pari.

L'homme avait ouvert la bouche et le dentiste avait refait son décompte. Il avait annoncé un total de quinze dents et le parieur avait disposé une chaîne de quinze pépites d'or sur le tapis cardinalice des prothèses. Une pour chaque dent. Les joueurs avaient couvert leurs paris, pour ou contre, avec d'autres pépites. Le nombre de celles-ci augmentait considérablement à partir de la cinquième dent.

L'homme s'était laissé arracher les sept premières dents sans bouger un muscle. On aurait pu entendre voler une mouche. A la huitième, une hémorragie lui avait rempli la bouche de sang. Il ne pouvait plus parler mais il avait fait un signe pour demander une pause.

Il avait craché plusieurs fois, et le sang avait formé des caillots sur l'estrade. Il avait avalé une large rasade qui l'avait fait se tordre de douleur sur le fauteuil, mais il n'avait pas eu une plainte et, après un dernier crachat, il avait fait un nouveau geste pour signifier au dentiste de continuer.

A la fin de la boucherie, totalement édenté et le visage enflé jusqu'aux oreilles, l'homme de Manta arborait une expression de triomphe exaspérante en partageant les gains avec le dentiste.

– Oui, dit le docteur Loachamín en lampant un grand coup, c'était le bon temps.

L'eau-de-vie de canne lui brûla le gosier et il rendit la bouteille avec une grimace.

– Ne faites pas cette tête, docteur. Ce machin-là tue

les vers des intestins, dit Antonio José Bolivar. Mais il ne put continuer.

Deux pirogues approchaient et, de l'une, dépassait la tête inerte d'un homme blond.

2

Le maire, unique fonctionnaire, autorité suprême et représentant d'un pouvoir trop lointain pour inspirer la crainte, était un personnage obèse qui transpirait continuellement.

Les habitants disaient qu'il avait commencé à transpirer à la minute où il avait posé le pied sur la terre ferme en débarquant du *Sucre* et que, depuis, il n'avait cessé de s'éponger et de tordre ses mouchoirs, ce qui lui avait valu le surnom de Limace.

Ils murmuraient aussi qu'avant d'échouer à El Idilio, il était en poste dans une grande ville de la montagne et qu'il avait été expédié dans ce coin perdu de l'Est en punition d'un détournement de fonds.

A part la transpiration, sa grande occupation consistait à gérer son stock de bière. Assis dans son bureau, il vidait les bouteilles à petits coups, lentement, car il savait bien que, le stock épuisé, la réalité se ferait plus désespérante encore.

Quand la chance lui souriait, il arrivait que son abstinence forcée soit récompensée par la visite d'un gringo bien pourvu en whisky. Le maire ne buvait pas d'aguardiente comme tout un chacun. Il prétendait que le Frontera lui donnait des cauchemars et il vivait dans la hantise de la folie.

Depuis une époque impossible à préciser il vivait

23

avec une indigène qu'il battait sauvagement en l'accusant de l'avoir ensorcelé, et tout le monde attendait le jour où la femme l'assassinerait. On prenait même les paris.

Dès le moment de son débarquement, sept ans auparavant, il s'était fait universellement détester.

Il était arrivé avec la manie de lever des impôts sous des prétextes incompréhensibles. Il avait prétendu vendre des permis de pêche et de chasse sur un territoire ingouvernable. Il avait voulu faire payer une taxe d'usage aux ramasseurs de bois humide dans la plus vieille forêt du monde et, pris d'un accès de zèle civique, il avait fait construire une cabane en bambou afin d'y enfermer les ivrognes qui refusaient de payer les amendes pour perturbation de l'ordre public.

Son passage provoquait des regards de mépris et sa transpiration entretenait la haine.

Le dignitaire qui l'avait précédé, en revanche, avait été aimé. Vivre et laisser vivre, telle était sa devise. On lui devait le passage du bateau ainsi que les visites du facteur et du dentiste, mais il n'avait pas occupé longtemps sa charge.

Un soir, une altercation l'avait opposé à des chercheurs d'or et, deux jours plus tard, on l'avait retrouvé la tête ouverte à coups de machette et à moitié dévoré par les fourmis.

El Idilio était resté deux ans sans autorité pour faire respecter la souveraineté de l'Équateur sur cette forêt où toute frontière est une vue de l'esprit, avant que le pouvoir central n'envoie le puni.

Tous les lundis – il était obsédé par les lundis – on l'avait vu hisser le drapeau sur un poteau du quai, jusqu'au jour où une tornade avait expédié la loque au cœur de la forêt, emportant avec elle toute possibilité de donner le jour exact de la semaine, ce dont nul ne se souciait.

Le maire arriva sur le quai. Il se tamponnait la figure et le cou avec un mouchoir qu'il tordait ensuite. Il donna l'ordre de hisser le cadavre.

Il s'agissait d'un homme jeune, pas plus de quarante ans, blond et fort.

– Où vous l'avez trouvé ?

Les Shuars se regardèrent, ne sachant s'ils devaient répondre.

– Ces sauvages ne comprennent pas l'espagnol ? grogna le maire.

L'un des indigènes se décida :

– En aval. A deux journées d'ici.

– Faites-moi voir la blessure.

Le second indigène tourna la tête du mort. Les insectes avaient dévoré l'œil droit, mais du gauche filtrait encore un éclat bleu. Une plaie le traversait du menton à l'épaule gauche. De la blessure sortaient des débris d'artères et des vers albinos.

– C'est vous qui l'avez tué.

Les Shuars reculèrent.

– Non. Shuars pas tuer.

– Ne mentez pas. Vous l'avez abattu d'un coup de machette. C'est clair.

Le gros homme en sueur dégaina son revolver et le braqua sur les indigènes stupéfaits.

– Non. Shuars pas tuer, risqua encore celui qui avait parlé. Un coup de crosse le fit taire.

Un mince filet de sang coula du front du Shuar.

– Faut pas me prendre pour un con. Vous l'avez tué. En route. Vous allez m'expliquer ça à la mairie. Remuez-vous, sauvages. Et vous, capitaine, soyez prêt à prendre deux prisonniers à bord.

Le patron du *Sucre* haussa les épaules sans répondre.

25

On entendit soudain la voix de José Antonio Bolivar :

– Excusez. Mais vous vous fourrez le doigt dans l'œil jusqu'au coude. C'est pas une blessure de machette.

Le maire étreignit furieusement son mouchoir.

– Comment tu sais ça, toi ?

– Je sais ce que je vois.

Le vieux s'approcha du cadavre, se pencha, lui retourna la tête et écarta la plaie avec les doigts.

– Vous voyez ces entailles parallèles ? Profondes à la mâchoire et superficielles en descendant ? Regardez : il n'y en pas une, mais quatre.

– Et alors ? Qu'est-ce que tu veux dire ?

– Je veux dire qu'une machette à quatre lames, ça n'existe pas. Ce sont des griffes. Des griffes d'ocelot. Il a été tué par un animal adulte. Sentez. Ça pue.

Le maire se tamponna la nuque avec son mouchoir.

– Bien sûr que ça pue. C'est une vraie pourriture.

– Baissez-vous et sentez. N'ayez pas peur du mort, ni des vers. Reniflez les vêtements, les cheveux, tout.

Surmontant sa répugnance, le gros s'inclina sur le mort et le flaira comme un chien peureux, en évitant le contact.

– Ça sent quoi ? demanda le vieux.

Les badauds se rapprochèrent pour renifler, eux aussi, la dépouille.

– Je ne sais pas. Comment je saurais ? Le sang, les vers, répondit le maire.

– Ça pue la pisse de chat, dit un badaud.

– De chatte, oui. De grosse chatte, précisa le vieux.

– Ça ne prouve pas que ces types-là ne l'ont pas tué.

Le maire tentait de recouvrer son autorité, mais l'attention des habitants s'était concentrée sur Antonio José Bolivar.

Le vieux reprit son examen du cadavre.

– Il a été tué par une femelle. Le mâle doit rôder près de là, peut-être blessé. La femelle l'a tué et ensuite elle l'a marqué en pissant dessus, pour que les autres fauves ne le mangent pas pendant qu'elle cherchait le mâle.

– Des contes de bonnes femmes. Ces sauvages l'ont tué et ensuite ils l'ont arrosé avec de la pisse de chat. Ou avec une de leurs saloperies de mixtures.

Les indigènes voulurent protester, mais le canon du revolver toujours pointé sur eux leur fit garder le silence.

Le dentiste intervint :

– Et pourquoi ils l'auraient tué ?

– Pourquoi ? Votre question m'étonne, docteur. Pour le voler. Pour quel autre motif ? Ces sauvages, rien ne les arrête.

Le vieux hocha tristement la tête et regarda le dentiste. Celui-ci comprit qu'Antonio José Bolivar ne se tenait pas pour battu et l'aida à étaler les affaires du mort sur les planches du quai.

Une montre, une boussole, un portefeuille plein de billets, un briquet à gaz, un couteau de chasse, une chaîne d'argent avec une médaille représentant une tête de cheval. Le vieux s'adressa à un Shuar dans sa langue et l'indigène sauta dans sa pirogue pour lui tendre un sac de toile verte.

A l'intérieur, il y avait des cartouches de fusil et cinq peaux d'ocelot très petites. Des peaux de chats mouchetés. Elles étaient couvertes de sel et puaient presque autant que le mort.

– Eh bien, Excellence, il me semble que l'affaire est résolue, dit le dentiste.

Le maire, toujours ruisselant, regardait les Shuars, le vieux, les badauds, le dentiste, et ne savait que dire.

En voyant les peaux, les indigènes avaient échangé

nerveusement quelques paroles et sauté dans leurs pirogues.

– Halte ! Vous attendez ici que je décide.

– Laissez-les partir. Ils ont de bonnes raisons de le faire. Vous n'avez toujours pas compris ?

Le vieux regardait le maire en hochant la tête. Il prit brusquement une peau et la lui lança. Le gros en sueur la reçut avec une expression de dégoût.

– Réfléchissez, Excellence. Toutes ces années que vous avez passées ici, et vous n'avez rien appris ? Réfléchissez. Ce fils de pute de gringo a tué les petits et il a sûrement blessé le mâle. Regardez le ciel, vous voyez bien que les pluies arrivent. Maintenant représentez-vous la scène. La femelle a dû partir à la chasse pour se remplir la panse et pouvoir allaiter tranquillement pendant les premières semaines de pluie. Les petits n'étaient pas sevrés et le mâle est resté les garder. C'est comme ça, chez les bêtes, et c'est à ce moment que le gringo a dû les surprendre. Maintenant, la femelle rôde, folle de douleur. C'est l'homme qu'elle chasse. Elle n'a certainement pas eu de mal à suivre la piste du gringo. Elle n'avait qu'à flairer l'odeur de lait qui collait au malheureux. Elle a déjà tué un homme. Elle a senti et goûté le sang humain, et pour sa petite cervelle d'animal tous les hommes sont les assassins de sa portée : pour elle, nous avons tous la même odeur. Laissez les Shuars s'en aller. Il faut qu'ils préviennent leur foyer et les foyers voisins. Chaque jour qui passe va rendre la femelle plus désespérée et plus dangereuse, et elle va chercher le sang toujours plus près des villages. Saloperie de gringo ! Regardez les peaux. Toutes petites, inutilisables. Chasser juste avant les pluies, et avec un fusil ! Regardez les trous. Vous vous rendez compte ? Vous avez accusé les Shuars, mais nous savons maintenant que le fautif, c'est un gringo. Il chassait hors saison, et des espèces interdites. Et si vous pensez à l'arme, je peux vous assurer que les Shuars ne l'ont pas, car ils ont trouvé le corps très loin de l'endroit où il est mort. Vous ne me croyez pas ? Voyez les bottes ! Les talons sont lacérés. Ça veut dire que la bête l'a traîné un bon bout de chemin après l'avoir tué. Regardez les déchirures de la chemise, sur la poitrine. C'est par là que l'animal l'a pris entre ses crocs pour le tirer. Pauvre gringo. Sa mort a dû être horrible. Regardez la blessure. Une griffe lui a déchiqueté la jugulaire. Il a dû agoniser une demi-heure pendant que la femelle buvait son sang qui coulait à gros bouillons et ensuite, intelligente cette bête, elle l'a traîné jusqu'à la berge de la rivière pour empêcher les fourmis de le dévorer. Alors elle a pissé dessus pour le marquer et, quand les Shuars ont trouvé le corps, elle devait être partie à la recherche du mâle. Laissez-les filer et demandez-leur de prévenir les chercheurs d'or qui campent sur la rive. Une ocelote folle de douleur est plus dangereuse que vingt assassins réunis.

Le maire ne répondit rien et s'en alla rédiger une dépêche pour le poste de police d'El Dorado.

Le vent se faisait toujours plus chaud et plus lourd. Poisseux, il collait à la peau et apportait de la forêt le silence qui précède la tempête. Les écluses du ciel étaient prêtes à s'ouvrir d'un moment à l'autre.

De la mairie venait le lent martèlement d'une machine à écrire, tandis que des hommes achevaient de clouer la caisse destinée au transport du cadavre qui attendait, oublié, sur les planches du quai.

Le patron du *Sucre* jurait en regardant le ciel goudronneux et ne cessait de maudire le mort. Il tint à répandre lui-même dans la caisse une couche de sel, tout en sachant que cela ne servirait pas à grand-chose.

Il aurait fallu faire ce que l'on pratique ordinairement pour tout individu qui meurt en forêt et que d'absurdes dispositions juridiques interdisent d'abandonner dans une clairière : inciser largement le corps du cou à l'aine, le vider de ses viscères et le remplir de sel. C'était la seule manière de le garder présentable jusqu'à la fin du voyage. Mais cette fois il s'agissait d'un damné gringo, il fallait donc le trimbaler intact, avec les vers qui lui bouffaient l'intérieur, et au débarquement il ne serait plus qu'un sac d'humeurs pestilentielles.

Assis sur les bonbonnes de gaz, le dentiste et le vieux regardaient couler le fleuve. De temps en temps, ils se passaient la bouteille de Frontera et fumaient des cigares de feuilles dures, les seuls qui résistent à l'humidité.

– Merde alors, Antonio José Bolivar, tu lui as cloué le bec. Je ne te connaissais pas ce talent de détective. Tu l'as humilié devant tout le monde, et il ne l'a pas volé. J'espère qu'un de ces jours les Jivaros lui enverront un dard.

– Sa femme le tuera. Elle fait des provisions de haine, mais elle n'en a pas encore assez. Ces choses-là demandent du temps.

– Écoute, j'avais complètement oublié, avec cette saloperie de mort : je t'ai apporté deux livres.

Les yeux du vieux s'allumèrent.

– D'amour ?

Le dentiste fit signe que oui.

Antonio José Bolivar Proaño lisait des romans d'amour et le dentiste le ravitaillait en livres à chacun de ses passages.

– Ils sont tristes ? demandait le vieux.

– A pleurer, certifiait le dentiste.

– Avec des gens qui s'aiment pour de bon ?

– Comme personne ne s'est jamais aimé.

– Et qui souffrent beaucoup ?

– J'ai bien cru que je ne pourrais pas le supporter.

A vrai dire, le docteur Rubincondo Loachamín ne lisait pas les romans.

Quand le vieux lui avait demandé de lui rendre ce service, en lui indiquant clairement ses préférences pour les souffrances, les amours désespérées et les fins heureuses, le dentiste avait senti que la tâche serait rude.

Il avait peur de se rendre ridicule en entrant dans une librairie de Guayaquil pour demander : « Donnez-moi un roman d'amour bien triste, avec des souffrances terribles et un *happy end…* » On le prendrait sûrement pour une vieille tante. Et puis il avait trouvé une solution inespérée dans un bordel du port.

Le dentiste aimait les négresses, d'abord parce qu'elles étaient capables de dire des choses à remettre sur pied un boxeur K.-O., et ensuite parce qu'elles ne transpiraient pas en faisant l'amour.

Un soir qu'il s'ébattait avec Josefina, une fille d'Esmeraldas à la peau lisse et sèche comme le cuir d'un tambour, il avait vu un lot de livres rangés sur la commode.

– Tu lis ? avait-il demandé.

– Oui, mais lentement.

– Et quels sont tes livres préférés ?

– Les romans d'amour, avait répondu Josefina. Elle avait les mêmes goûts qu'Antonio José Bolivar.

A dater de cette soirée, Josefina avait fait alterner ses devoirs de dame de compagnie et ses talents de critique littéraire. Tous les six mois, elle sélectionnait deux romans particulièrement riches en souffrances indicibles. Et, plus tard, Antonio José Bolivar Proaño les lisait dans la solitude de sa cabane, face au Nangaritza.

Le vieux prit les deux livres, examina les couvertures et déclara qu'ils lui plaisaient.

Pendant ce temps, on hissait la caisse à bord et le maire surveillait la manœuvre. En voyant le dentiste, il lui dépêcha un homme.

– Le maire vous fait dire de ne pas oublier les taxes.

Le dentiste lui tendit les billets déjà tout préparés, en ajoutant :

– Quelle idée. Dis-lui que je suis un bon citoyen.

L'homme retourna auprès du maire. Le gros prit les billets, les fit disparaître dans une poche et salua le dentiste en levant la main à la hauteur de son front.

– J'en ai plein le dos, moi, de ses taxes, commenta le vieux.

– Des morsures de rien du tout. Les gouvernements vivent des coups de dents qu'ils donnent aux citoyens. Et encore, nous, on a affaire à un petit roquet.

Ils fumèrent et burent encore, en regardant couler l'éternité verte du fleuve.

– Antonio José Bolivar, je te vois pensif. Dis-moi ce qui te tracasse.

– Vous avez raison. Cette affaire ne me plaît pas. Je suis sûr que la Limace médite une battue et qu'elle va faire appel à moi. Non, ça ne me plaît pas du tout. Vous avez vu la blessure ? Pour un simple coup de patte. L'animal est grand, et les griffes doivent mesurer cinq centimètres. Une bête pareille, même affaiblie par la faim, elle doit être sacrément vigoureuse. Et puis les pluies arrivent. Les traces s'effacent et la faim les rend plus intelligents.

– Tu peux refuser de participer à la chasse. Tu es vieux, pour des courses pareilles.

– Ne croyez pas ça. Des fois, j'ai même envie de me

remarier. Un de ces jours, je vous ferai peut-être la surprise de vous demander d'être mon témoin.

– Entre nous, quel âge tu as, Antonio José Bolivar ?

– De toute manière, ça fait trop. Soixante ans, d'après les papiers, mais il faut tenir compte que je marchais déjà quand on m'a inscrit, alors disons que je vais plutôt sur mes soixante-dix.

La cloche du *Sucre* qui annonçait le départ précipita leurs adieux.

Le vieux resta sur le quai jusqu'à ce que le bateau disparaisse, happé par une boucle du fleuve. Puis il décida qu'il n'adresserait plus la parole à personne de la journée : il ôta son dentier, l'enveloppa dans son mouchoir et, serrant les livres sur sa poitrine, se dirigea vers sa cabane.

3

Antonio José Bolivar Proaño savait lire, mais pas écrire.

Il parvenait tout au plus à gribouiller son nom pour signer un papier officiel, par exemple au moment des élections, mais comme de tels événements ne survenaient que fort sporadiquement, il avait le temps d'oublier.

Il lisait lentement en épelant les syllabes, les murmurant à mi-voix comme s'il les dégustait, et, quand il avait maîtrisé le mot entier, il le répétait d'un trait. Puis il faisait la même chose avec la phrase complète, et c'est ainsi qu'il s'appropriait les sentiments et les idées que contenaient les pages.

Quand un passage lui plaisait particulièrement, il le répétait autant de fois qu'il l'estimait nécessaire pour découvrir combien le langage humain pouvait aussi être beau.

Il lisait en s'aidant d'une loupe, laquelle venait en seconde position dans l'ordre de ses biens les plus chers. Juste après le dentier.

Il habitait une cabane en bambou d'environ dix mètres carrés meublée sommairement : le hamac de jute, la caisse de bière soutenant le réchaud à kérosène, et une table très haute, parce que, le jour où il avait ressenti pour la première fois des douleurs dans le dos, il avait compris que les années commençaient à lui tomber dessus et pris la décision de s'asseoir le moins possible.

Il avait donc construit cette table aux longs pieds dont il se servait pour manger debout et pour lire ses romans d'amour.

L'habitation était protégée par une toiture de paille tressée, et éclairée par une fenêtre donnant sur le fleuve. C'est devant celle-ci qu'était disposée la haute table.

Près de la porte pendait une serviette effilochée, à côté de la barre de savon qu'il renouvelait deux fois par an. C'était un bon savon, qui sentait puissamment le suif et qui lavait bien les vêtements, les assiettes, les ustensiles de cuisine, les cheveux et le corps.

Sur un mur, devant le hamac, était accrochée une photo retouchée, œuvre d'un artiste de la montagne, qui représentait un jeune couple.

L'homme, Antonio José Bolivar Proaño, était vêtu d'une impeccable veste bleue, d'une chemise blanche et d'une cravate rayée qui n'avait jamais existé que dans l'imagination du portraitiste.

La femme, Dolores Encarnación del Santísimo Sacramento Estupiñán Otavalo, portait des atours qui, eux, avaient existé et existaient toujours dans ces recoins obstinés de la mémoire où s'enracine le chiendent de la solitude.

Une mantille de velours bleu donnait de la dignité à la tête, sans cacher complètement l'éclat végétal de la chevelure noire qui se divisait en deux pour se répandre sur le dos. Aux oreilles pendaient des anneaux dorés, et le cou était ceint de plusieurs tours d'un collier aux grains également dorés.

Ce que le tableau laissait voir de la poitrine montrait une blouse richement brodée à la mode d'Otavalo, tandis qu'au-dessus souriait la bouche petite et rouge de la femme.

Ils s'étaient connus enfants à San Luis, un village de la Cordillère, proche du volcan Imbabura. Ils avaient treize ans quand on les avait fiancés et, deux ans plus tard, à l'issue d'une fête à laquelle ils n'avaient pas vraiment participé, inhibés par l'idée de s'être embarqués dans une aventure trop grande pour eux, ils s'étaient retrouvés mariés.

Le ménage enfantin avait vécu ses trois premières années dans la maison du père de l'épousée, un veuf très vieux qui s'était engagé à leur léguer tous ses biens en échange de leurs soins et de leurs prières.

Le vieux était mort aux alentours de leur dix-neuvième année et ils avaient hérité de quelques mètres de terre, insuffisants pour nourrir une famille, et de quelques animaux domestiques qui ne survécurent pas aux frais de l'enterrement.

Le temps passait. L'homme cultivait la propriété familiale et travaillait sur les terres d'autres propriétaires. Ils vivaient en se contentant du strict minimum et la seule chose qu'ils avaient en abondance, c'étaient les commentaires médisants qui ne le touchaient pas mais qui mettaient Dolores Encarnación del Santísimo Sacramento Estupiñán Otavalo dans tous ses états.

La femme n'était toujours pas enceinte. Tous les mois, son sang revenait avec une odieuse ponctualité, et chaque nouvelle menstruation augmentait son isolement.

– Elle est née stérile, disaient les vieilles.

– Je l'ai vu dès son premier sang. Il était plein de têtards morts, affirmait une autre.

– Elle est morte à l'intérieur. A quoi ça sert, une femme comme ça ? continuaient-elles.

Antonio José Bolivar Proaño essayait de la consoler,

ils allaient de guérisseur en guérisseur, essayant toutes sortes d'herbes et d'onguents pour la fécondité.

Tout était inutile. Mois après mois, la femme retournait se cacher dans un coin de la maison pour laisser couler le flux de la honte.

Ils avaient décidé d'abandonner la montagne le jour où l'on avait fait à l'homme une suggestion déshonorante.

– C'est peut-être toi le fautif. Tu devrais la laisser seule pendant les fêtes de San Luis.

On lui proposait donc de mener sa femme aux fêtes de juin, de l'obliger à participer au bal et à la grande saoulerie collective qui commençait dès que le curé avait tourné le dos. Alors tous continuaient à boire, vautrés sur le sol de l'église, jusqu'à ce que l'eau-de-vie de canne, la « pure », produit généreux des moulins à sucre, fasse se mêler les corps à la faveur de l'obscurité.

Antonio José Bolivar Proaño refusa la perspective d'être le père d'un enfant de carnaval. Or il avait entendu parler d'un plan de colonisation de l'Amazonie. Le gouvernement promettait de grandes superficies et une aide technique en échange du peuplement de territoires disputés au Pérou. Peut-être qu'un changement de climat corrigerait la déficience dont souffrait l'un des deux époux.

Peu avant les fêtes de San Luis, ils avaient rassemblé leurs maigres affaires, fermé la maison et pris la route.

Ils mirent deux semaines pour atteindre le port fluvial d'El Dorado. En bus, en camion ou simplement à pied, ils traversèrent des villes aux coutumes étranges, comme Zamora et Loja, où les indigènes Saragurus s'habillent toujours en noir pour perpétuer le deuil d'Atahualpa.

Après une nouvelle semaine de voyage, en pirogue cette fois, les membres tétanisés par le manque de mouvement, ils débarquèrent au bord d'une boucle du fleuve. La seule construction était une immense cabane en tôle qui faisait office de bureau, de magasin de semences et d'outils, et d'habitation pour les nouveaux venus. C'était El Idilio.

Là, après de brèves formalités, on leur délivra un papier pompeusement timbré qui officialisait leur qualité de colons. On leur assigna deux hectares de forêt, deux machettes, des bêches, quelques mesures de semences dévorées par les charançons, et la promesse d'une aide technique qui ne vint jamais.

Le couple commença par se construire une cabane précaire, puis se lança dans le débroussaillement. En travaillant de l'aube à la nuit ils arrivaient à arracher un arbre, quelques lianes, quelques plantes et, le matin suivant, ils les voyaient repousser avec une vigueur vengeresse.

Quand survint la première saison des pluies, ils avaient épuisé leurs provisions et ne savaient plus que faire. Certains colons avaient des armes, de vieux fusils, mais les animaux de la jungle étaient rapides et malins. Même les poissons du fleuve semblaient les narguer en leur sautant sous le nez sans se laisser attraper.

Isolés par les pluies, par ces tempêtes inconnues, ils se consumaient dans le désespoir de se savoir condamnés à attendre un miracle, en contemplant la crue sans fin du fleuve qui charriait des troncs d'arbres arrachés et des cadavres d'animaux gonflés.

Les premiers colons commencèrent à mourir. Certains avaient mangé des fruits inconnus ; d'autres étaient pris de fièvres foudroyantes ; d'autres encore disparaissaient dans la panse monstrueuse d'un boa géant qui les ligotait, les triturait et finissait par les déglutir avec une atroce lenteur.

Luttant stérilement contre les pluies qui, à chaque

nouvelle averse, menaçaient d'emporter la cabane, en proie aux moustiques qui, à chaque éclaircie, attaquaient férocement tout le corps, piquant, suçant, laissant sur la peau des pustules brûlantes et, dessous, des larves qui ouvraient des plaies suppurantes dans leur progression vers la liberté verte, entourés de bêtes affamées qui rôdaient dans la jungle et dont les bruits effrayants les empêchaient de trouver le sommeil, ils se sentaient perdus quand le salut leur apparut sous la forme d'hommes à demi nus, le visage peint de pulpe de roucou, la tête et les bras ornés de parures multicolores.

C'étaient les Shuars qui, pris de pitié, s'approchaient pour leur tendre la main.

Ils apprirent d'eux à chasser, à pêcher, à construire des cabanes qui résistent aux tempêtes, à distinguer les fruits comestibles des vénéneux ; et surtout, ils apprirent l'art de vivre avec la forêt.

Quand la saison des pluies fut passée, les Shuars les aidèrent à défricher les pentes de la montagne, tout en les prévenant que c'était un travail sans espoir.

Malgré les avertissements des indigènes, ils semèrent les premières graines et il ne leur fallut pas beaucoup de temps pour découvrir que la terre était trop pauvre. Les pluies la lavaient continuellement, de sorte que les plants ne recevaient pas la nourriture nécessaire et mouraient sans fleurir, trop faibles ou dévorés par les insectes.

A la saison des pluies suivante, les terrains qu'ils avaient si durement travaillés glissèrent le long des pentes dès la première averse.

Dolores Encarnación del Santísimo Sacramento Estupiñán Otavalo ne résista pas à la deuxième année et s'en fut, emportée par une fièvre ardente, consumée jusqu'aux os par la malaria.

Antonio José Bolivar Proaño comprit qu'il ne pouvait retourner à son village de la Cordillère. Les pauvres pardonnent tout, sauf l'échec.

Il était condamné à rester, avec ses souvenirs pour seule compagnie. Il voulait se venger de cette région maudite, de cet enfer vert qui lui avait pris son amour et ses rêves. Il rêvait d'un grand feu qui transformerait l'Amazonie entière en brasier.

Et dans son impuissance, il découvrit qu'il ne connaissait pas assez la forêt pour pouvoir vraiment la haïr.

Il apprit la langue des Shuars en participant à leurs chasses. Ils chassaient des tapirs, des pacas, des cabiais, des pécaris à collier, qui sont de petits sangliers à la chair savoureuse, des singes, des oiseaux et des reptiles. Il apprit à se servir de la sarbacane, silencieuse et efficace pour tuer les animaux, et de la lance pour capturer les poissons rapides.

En les fréquentant, il abandonna ses pudeurs de paysan catholique. Il allait à moitié nu en évitant les nouveaux colons qui le regardaient comme un dément.

Antonio José Bolivar qui ne pensait jamais au mot liberté jouissait dans la forêt d'une liberté infinie. Il tentait de revenir à ses projets de vengeance, mais il ne pouvait s'empêcher d'aimer ce monde, si bien qu'il finit par tout oublier, séduit par ces espaces sans limites et sans maîtres.

Il mangeait quand il avait faim. Il choisissait les fruits les plus savoureux, refusait les poissons qui lui semblaient trop lents, suivait la piste d'un animal de la jungle, et le fait de l'avoir tué à la sarbacane doublait son appétit.

Le soir, s'il désirait être seul, il s'abritait sous une pirogue, et si au contraire il avait besoin de compagnie, il cherchait les Shuars.

41

Ceux-ci le recevaient généreusement. Ils partageaient leur nourriture, leurs cigarettes de feuilles, et bavardaient des heures durant en crachant à profusion autour des trois pieux de leur foyer perpétuellement allumé.

– Nous sommes comment ? questionnaient-ils.

– Sympathiques comme une bande de ouistitis, bavards comme des perroquets saouls, et hurleurs comme des diables.

Les Shuars accueillaient ces comparaisons avec de grands éclats de rire et manifestaient leur contentement par des pets sonores.

– Et là-bas, d'où tu viens, c'est comment ?

– Froid. Les matinées et les soirées sont glacées. Il faut porter des grands ponchos en laine et des chapeaux.

– C'est pour ça que vous puez. Quand vous chiez, vous salissez votre poncho.

– Non. Enfin quelquefois. Le problème c'est surtout qu'avec le froid on ne peut pas, comme vous, se baigner quand on veut.

– Et vos singes aussi, ils ont des ponchos ?

– Il n'y a pas de singes dans la montagne. Et pas de pécaris non plus. Les gens de la montagne ne chassent pas.

– Et ils mangent quoi, alors ?

– Ce qu'ils peuvent. Des pommes de terre, du maïs. Parfois un porc ou une poule, pour les fêtes. Ou un cochon d'Inde, les jours de marché.

– Et qu'est-ce qu'ils font, s'ils ne chassent pas ?

– Ils travaillent. Du lever au coucher du soleil.

– Quels idiots ! Quels idiots ! concluaient les Shuars.

Il était là depuis cinq ans, quand il sut qu'il ne quitterait plus jamais ce pays. Deux crocs se chargèrent de lui transmettre le message secret.

Il avait appris des Shuars à se déplacer dans la forêt en posant la plante du pied bien à plat sur le sol, yeux et oreilles attentifs à tous les murmures, sa machette toujours bien en main. Un jour, dans un moment d'inattention, il planta celle-ci dans la terre pour arranger son chargement de fruits et, juste comme il allait la reprendre, il sentit les crocs brûlants d'un crotale lui mordre le poignet droit.

Il parvint à voir le reptile, long d'un mètre, qui s'éloignait en imprimant des x sur le sol – d'où son nom de serpent-X – et il réagit très vite. Il bondit en brandissant la machette de la main atteinte et coupa l'animal en morceaux jusqu'à ce que le voile du venin vienne lui obscurcir les yeux.

A tâtons, il trouva la tête du reptile et, sentant que la vie l'abandonnait, il partit à la recherche d'un foyer shuar.

Les indigènes le virent arriver en titubant. Il ne pouvait plus parler car sa langue, ses membres, tout son corps, avaient démesurément enflé. Il lui semblait qu'il était sur le point d'éclater. Il parvint à montrer la tête du serpent avant de perdre connaissance.

Il se réveilla des jours plus tard, le corps encore gonflé, et grelottant des pieds à la tête entre deux accès de fièvre.

Les soins d'un sorcier shuar lui firent retrouver lentement la santé.

Des décoctions d'herbes drainèrent le venin. Des bains de cendre froide apaisèrent la fièvre et les cauchemars. Et un régime de cervelle, de foie et de rognons de singe lui rendit l'usage de ses jambes au bout de trois semaines.

Tout le temps de sa convalescence il lui fut interdit de s'éloigner du foyer et les femmes se montrèrent très strictes dans le traitement destiné à purger son corps.

– Tu as encore du venin. Il faut le chasser complètement, sauf une petite partie qui te défendra contre de nouvelles morsures.

Elles le gavaient de fruits juteux, de tisanes et autres breuvages pour le faire uriner à toute force.

Quand ils le virent complètement rétabli, les Shuars l'entourèrent en le couvrant de cadeaux : une sarbacane neuve, un faisceau de dards, un collier de perles de rivière, un cordon en plumes de toucan, tout en lui donnant de grandes tapes pour lui faire comprendre qu'il venait de passer une épreuve d'acceptation, due au seul caprice de dieux espiègles, dieux mineurs qui se cachent souvent au milieu des scarabées ou des vers luisants quand ils veulent jouer un tour aux hommes, et se déguisent en étoiles pour indiquer de fausses clairières dans la forêt.

Ce faisant, ils peignirent son corps aux couleurs chatoyantes du boa et lui demandèrent de danser avec eux.

Il était l'un des rares survivants d'une morsure de serpent-X, et il convenait de célébrer l'événement par la Fête du Serpent.

A la fin de la fête, il but pour la première fois de la natema, la douce liqueur hallucinogène préparée en faisant bouillir les racines de la yahuasca, et, dans le rêve qui suivit, il se vit lui-même comme une partie inséparable de ces espaces en perpétuelle mutation, comme un poil supplémentaire sur ce corps vert infini, pensant et sentant comme un Shuar, puis revêtant les parures d'un chasseur expérimenté et suivant les traces d'un animal inexplicable, sans forme ni épaisseur, sans odeurs et sans bruits, mais doté de deux yeux jaunes brillants.

C'était un signe indéchiffrable qui lui ordonnait de rester, et il resta.

Beaucoup plus tard il eut un ami, Nushiño, un Shuar, qui venait également de loin, si loin que la description de sa contrée d'origine se perdait dans les affluents du Marañon. Nushiño était arrivé un beau jour, blessé d'une balle dans le dos, souvenir d'une expédition civilisatrice des militaires péruviens. On l'avait trouvé inconscient, presque exsangue, après des jours d'une épuisante dérive en pirogue.

Les Shuars de Shumbi l'avaient soigné, guéri, et ils lui avaient permis de rester car ils étaient du même sang.

Antonio José Bolivar et Nushiño parcouraient ensemble la forêt. Nushiño était fort. La taille étroite et les épaules larges, il défiait à la nage les dauphins du fleuve et il était toujours d'excellente humeur.

On les voyait suivre la piste d'un animal de grande taille, interpréter la couleur de ses excréments et, quand ils étaient certains de tenir leur proie, Antonio se postait dans une clairière tandis que Nushiño la rabattait hors des fourrés et l'obligeait à marcher à la rencontre du dard empoisonné.

Parfois ils chassaient un pécari pour les colons, et l'argent qu'ils en tiraient leur permettait de se procurer une machette neuve ou un sac de sel.

Quand il ne chassait pas en compagnie de son ami Nushiño, il traquait les serpents venimeux.

Il savait s'en approcher en sifflant sur un ton aigu qui les désorientait, pour se retrouver finalement face à eux. Alors son bras répétait les mouvements du reptile jusqu'à ce que celui-ci, désorienté puis hypnotisé, finisse par répéter à son tour ces mouvements qui imitaient les siens… C'est à ce moment que l'autre bras intervenait, implacable. La main saisissait par surprise le serpent derrière la tête et l'obligeait à livrer le venin de ses crocs plantés dans le bord d'une calebasse creuse.

Quand il avait rendu sa dernière goutte, le reptile détendait ses anneaux, sans force pour continuer à haïr, ou comprenant que sa haine était désormais inutile, et Antonio José Bolivar le rejetait avec mépris dans le feuillage.

Le venin était bien payé. Deux fois par an, un agent du laboratoire où l'on préparait le sérum antivenimeux venait acheter les flacons mortels.

Il arrivait parfois que le reptile se révèle plus rapide que lui, mais cela lui était égal. Il savait qu'il enflerait comme un crapaud et qu'il délirerait de fièvre pendant quelques jours, mais qu'il ne risquait plus rien. Il était immunisé et aimait fanfaronner devant les colons en leur montrant ses bras couverts de cicatrices.

La vie dans la forêt avait trempé chaque centimètre de son corps. Il avait acquis des muscles de félin qui se durcirent avec les années. Sa connaissance de la forêt valait celle d'un Shuar. Il nageait aussi bien qu'un Shuar. Il savait suivre une piste comme un Shuar. Il était comme un Shuar, mais il n'était pas un Shuar.

C'est pourquoi il devait s'absenter régulièrement : ils lui avaient expliqué qu'il était bon qu'il ne soit pas vraiment l'un des leurs. Ils aimaient le voir, ils aimaient sa compagnie, mais ils voulaient aussi sentir son absence, la tristesse de ne pouvoir lui parler, et les battements joyeux de leur cœur quand ils le voyaient revenir.

Pluies et soleil, les saisons se succédaient. Avec leur passage, il apprit les rites et les secrets de ce peuple. Il participait à l'hommage rendu quotidiennement aux têtes réduites des ennemis morts en guerriers valeureux, et entonnait avec ses hôtes les *anents*, chants de remerciements pour le courage ainsi transmis, et prières pour une paix durable.

Il partagea le festin fastueux offert par les anciens qui avaient décidé que l'heure était venue de « partir » et, une fois ceux-ci endormis sous l'effet de la chicha et de la natema dans la félicité des visions hallucinatoires qui leur ouvraient les portes d'une existence future déjà déterminée, il aida à les porter dans une cabane éloignée et à enduire leur corps de miel de palme très doux.

Le lendemain, tout en chantant les *anents* destinés à les accompagner dans leur nouvelle vie de poissons, de papillons ou d'animaux sages, il ramassa avec les autres les ossements blanchis, parfaitement nettoyés, restes désormais inutiles des anciens transportés dans l'autre vie par les mandibules implacables des fourmis.

Tant qu'il vécut chez les Shuars, il n'eut pas besoin de romans pour connaître l'amour.

Il n'était pas des leurs et, pour cette raison, il ne pouvait prendre d'épouse. Mais il était comme eux, et c'est pourquoi le Shuar qui l'hébergeait pendant la saison des pluies le priait d'accepter l'une de ses femmes, pour le plus grand honneur de sa caste et de sa maison.

La femme offerte l'emmenait sur la berge du fleuve. Là, tout en entonnant des *anents*, elle le lavait, le parait et le parfumait, puis ils revenaient à la cabane s'ébattre sur une natte, les pieds en l'air, doucement chauffés par le foyer, sans cesser un instant de chanter les *anents*, poèmes nasillards qui décrivaient la beauté de leurs corps et la joie du plaisir que la magie de la description augmentait à l'infini.

C'était l'amour pur, sans autre finalité que l'amour pour l'amour. Sans possession et sans jalousie.

– Nul ne peut s'emparer de la foudre dans le ciel, et nul ne peut s'approprier le bonheur de l'autre au moment de l'abandon.

C'est ce que lui avait expliqué son ami Nushiño.

A voir couler le Nangaritza, on pouvait penser que le temps avait oublié ces confins de l'Amazonie, mais les oiseaux savaient que, venues de l'occident, des langues puissantes progressaient en fouillant le corps de la forêt.

D'énormes machines ouvraient des routes et les Shuars durent se faire plus mobiles. Désormais, ils ne demeuraient plus trois ans de suite sur le même lieu avant de se déplacer pour permettre à la nature de se reformer. A chaque changement de saison, ils démontaient leurs cabanes et reprenaient les ossements de leurs morts pour s'éloigner des étrangers qui s'installaient sur les rives du Nangaritza.

Les colons, attirés par de nouvelles promesses d'élevage et de déboisement, se faisaient plus nombreux. Ils apportaient aussi l'alcool dépourvu de tout rituel et, par là, la dégénérescence des plus faibles. Et, surtout, se développait la peste des chercheurs d'or, individus sans scrupules, venus de tous les horizons sans autre but que celui d'un enrichissement rapide.

Les Shuars se déplaçaient vers l'orient en cherchant l'intimité des forêts impénétrables.

Un matin, Antonio José Bolivar rata un tir de sarbacane et s'aperçut qu'il vieillissait. Pour lui aussi, le moment approchait de partir.

Il prit la décision de s'installer à El Idilio et d'y vivre de la chasse. Il se savait incapable de fixer lui-même l'instant de sa mort et de se laisser dévorer par les fourmis. Et même s'il y arrivait, ce serait une cérémonie triste.

Il était comme eux, mais il n'était pas des leurs, et il n'y aurait pour lui ni fête, ni départ dans les hallucinations.

Un jour qu'il s'activait à la construction d'une pirogue dont il voulait que la résistance soit à toute épreuve, il entendit une explosion qui venait d'un bras du fleuve, et ce fut le signal qui accéléra son départ.

Il courut jusqu'au lieu d'où provenait le bruit et y

trouva un groupe de Shuars en pleurs. Ils lui montrèrent la masse des poissons morts qui flottaient à la surface et le groupe d'étrangers sur la plage qui pointaient leurs armes à feu.

C'était un groupe de cinq aventuriers qui avaient fait sauter le barrage de retenue d'une frayère pour pratiquer un passage dans le courant.

Tout alla très vite. Rendus nerveux par l'arrivée des Shuars, les Blancs tirèrent, touchèrent deux indigènes et prirent la fuite dans leur embarcation.

Il sut que les Blancs étaient perdus. Les Shuars prirent un sentier de traverse, les guettèrent du bord d'un étroit défilé, et les dards empoisonnés atteignirent facilement leurs proies. L'un des Blancs, cependant, réussit à sauter, nagea jusqu'à la rive opposée et se perdit dans l'épaisseur de la forêt.

Il fallut d'abord s'occuper des Shuars qui avaient été atteints.

L'un était mort, la tête arrachée par la balle presque à bout portant, et l'autre agonisait, la poitrine ouverte. C'était son ami Nushiño.

– Sale manière de partir, souffla Nushiño dans une grimace de douleur, en lui indiquant d'une main tremblante la calebasse de curare. Je ne partirai pas en paix, frère. Tant que sa tête ne pendra pas à un pieu, j'irai comme un triste perroquet aveugle me cogner aux arbres. Aide-moi, frère.

Les Shuars l'entourèrent. Il était le seul à connaître les coutumes des Blancs, et les paroles affaiblies de Nushiño lui disaient que l'heure était venue de payer aux Shuars la dette contractée le jour où ils l'avaient sauvé de la morsure du serpent.

Cela lui parut juste et, s'armant d'une sarbacane, il traversa le fleuve à la nage pour se lancer dans sa première chasse à l'homme.

Il n'eut guère de mal à trouver la piste. Dans son désespoir, le chercheur d'or avait laissé des empreintes si visibles qu'il n'eut même pas besoin de chercher.

Il le découvrit quelques minutes plus tard, terrorisé, devant un boa endormi.

– Pourquoi vous avez fait ça ? Pourquoi vous avez tiré ?

L'homme pointa son fusil dans sa direction.

– Les Jivaros ? Où sont les Jivaros ?

– Sur l'autre rive. Ils ne te suivent pas.

Soulagé, le chercheur d'or baissa son arme et Antonio José Bolivar en profita pour lui décocher un dard de sarbacane.

Il s'y prit mal. Le chercheur d'or vacilla sans tomber, ne lui laissant d'autre solution que le corps à corps.

L'homme était fort. Il parvint pourtant à lui arracher son fusil.

Il n'avait jamais tenu d'arme à feu, mais en voyant la main de l'homme tâtonner à la recherche de sa machette il trouva sans hésiter l'endroit où il devait appuyer le doigt, et la détonation provoqua un envol d'oiseaux affolés.

Surpris par la puissance de la déflagration, il s'approcha de l'homme. Celui-ci avait reçu la double décharge en plein ventre et se tordait de douleur. Sans prêter attention à ses hurlements, il le traîna par les chevilles jusqu'au fleuve et, dès les premières brasses, il sentit que le malheureux était mort.

Les Shuars l'attendaient sur l'autre rive. Ils l'aidèrent à sortir de l'eau mais, à la vue du cadavre, ils attaquèrent un chant de lamentations qu'il ne put s'expliquer.

Ce n'était pas à cause de l'étranger qu'ils pleuraient. C'était à cause de Nushiño.

Antonio José Bolivar n'était pas des leurs, mais il était comme eux. En conséquence, il aurait dû tuer l'homme d'un dard de sarbacane empoisonné après lui avoir donné la possibilité de se battre courageusement ; alors, paralysé par le curare, tout son courage serait demeuré dans son expression, concentré à tout jamais dans la tête réduite, paupières, nez et bouche cousus pour qu'il ne puisse s'échapper.

Mais comment réduire cette tête, maintenant que sa vie s'était figée dans une grimace d'épouvante et de douleur ?

Par sa faute, Nushiño ne partirait pas. Nushiño resterait comme un perroquet aveugle à se cogner aux arbres, suscitant la haine de ceux qui ne l'avaient pas connu en venant buter contre leurs corps, troublant les rêves des boas endormis, faisant fuir le gibier par son vol sans but.

Il s'était déshonoré et, ce faisant, il était responsable du malheur éternel de son ami.

Sans cesser de pleurer, ils lui donnèrent la meilleure pirogue. Sans cesser de pleurer, ils l'embrassèrent, le chargèrent de provisions et lui dirent qu'à dater de ce jour il ne serait plus le bienvenu. Il pourrait passer par les foyers shuars, mais il n'aurait pas le droit de s'y arrêter.

Les Shuars poussèrent la pirogue dans le courant, puis ils effacèrent ses traces sur la plage.

4

Au bout de cinq jours de navigation, Antonio José Bolivar parvint à El Idilio. Le lieu avait changé. Face au fleuve s'alignait une rue d'une vingtaine de maisons dont la dernière, un peu plus grande, portait au-dessus de sa porte un écriteau jaune avec le mot MAIRIE.

Il y avait aussi un quai en bois, qu'il évita en suivant le courant jusqu'à ce que la fatigue le dépose à l'endroit où il construisit sa cabane.

Au début, en le voyant s'enfoncer dans la jungle armé de la Remington calibre quatorze, héritage du seul homme qu'il ait tué – et mal tué, de surcroît –, les habitants le considérèrent comme un sauvage et l'évitèrent. Mais très vite ils découvrirent la chance que sa présence représentait pour eux.

Colons ou chercheurs d'or, tous commettaient dans la forêt des erreurs stupides. Ils la dévastaient sans prendre la moindre précaution et, du coup, certains animaux devenaient féroces.

Parfois, pour gagner quelques mètres de terrain, ils déboisaient n'importe comment, laissant sans gîte un gypaète qui se rattrapait en leur tuant une mule, ou alors ils faisaient l'erreur d'attaquer les pécaris à collier à l'époque de la reproduction, ce qui transformait ces petits sangliers en monstres redoutables. Et puis il y avait les gringos venus des installations pétrolières.

Ceux-là arrivaient en bandes bruyantes, avec assez d'armes pour équiper un bataillon, et pénétraient dans la jungle prêts à tirer sur tout ce qui bougeait. Ils s'acharnaient sur les ocelots sans se préoccuper de savoir s'il s'agissait de petits ou de femelles enceintes, puis ils se photographiaient devant des douzaines de peaux clouées sur des planches, avant de repartir.

Les gringos s'en allaient, les peaux restaient à pourrir jusqu'à ce qu'une main charitable les jette dans le fleuve, et les ocelots survivants se vengeaient en étripant des bœufs faméliques.

Antonio José Bolivar essayait de mettre des limites à l'action des colons qui détruisaient la forêt pour édifier cette œuvre maîtresse de l'homme civilisé : le désert.

Mais les animaux se faisaient rares. Les espèces survivantes devenaient plus rusées et, à l'exemple des Shuars et d'autres cultures amazoniennes, les bêtes s'enfonçaient à leur tour dans les profondeurs de la forêt, en un irrésistible exode vers l'orient.

Antonio José Bolivar Proaño, qui avait désormais tout son temps pour lui, découvrit qu'il savait lire au moment où ses dents se mirent à se gâter.

Ce dernier point commença à le préoccuper lorsqu'il se rendit compte que sa bouche exhalait une haleine fétide et qu'il ressentait des douleurs persistantes dans les maxillaires.

Il avait souvent assisté aux séances semestrielles du docteur Loachamín, mais il ne s'était jamais imaginé assis dans son fauteuil, jusqu'au jour où les douleurs devinrent insupportables et où il ne put faire autrement que de monter à son tour sur la « consultation ».

– C'est simple, docteur. Il ne m'en reste pas beaucoup. Je me suis arraché moi-même celles qui m'emmerdaient trop, mais pas celles du fond, c'est trop difficile. Alors nettoyez-moi la bouche, après quoi on discutera du prix d'un de vos jolis dentiers.

Cette fois-là, le *Sucre* avait amené deux fonctionnaires de l'État qui s'installèrent derrière une table sous le porche de la mairie, ce qui les fit prendre pour des collecteurs d'un impôt inédit.

Devant le manque d'enthousiasme des habitants, le maire se vit dans l'obligation de faire appel au peu de force de conviction qui lui restait pour traîner les récalcitrants jusqu'à la table gouvernementale. Là, les deux envoyés moroses du pouvoir recueillaient les suffrages secrets des citoyens d'El Idilio pour les élections présidentielles qui devaient avoir lieu le mois suivant.

Antonio José Bolivar défila comme tout le monde devant la table.

– Tu sais lire ? lui demanda-t-on.

– Je me rappelle plus.

– On va voir. Qu'est-ce qui est écrit là ?

– Mon-si-eur-monsieur-le-le-can-di-dat-candidat.

– Eh bien, tu vois : tu as le droit de voter.

– Le droit de quoi ?

– De voter. Au suffrage universel et secret. Pour choisir démocratiquement entre les trois candidats qui se présentent à la magistrature suprême. Tu comprends ?

– Je comprends rien du tout. Ça va me coûter combien, ce droit ?

– Rien. Puisque c'est un droit.

– Et pour qui je dois voter ?

– Pour celui qui sera président. Pour Son Excellence le candidat du peuple.

Antonio vota pour le vainqueur et reçut une bouteille de Frontera en contrepartie de l'exercice de son droit.

Il savait lire.

Ce fut la découverte la plus importante de sa vie. Il

savait lire. Il possédait l'antidote contre le redoutable venin de la vieillesse. Il savait lire. Mais il n'avait rien à lire.

A contrecœur, le maire accepta de lui prêter quelques vieux journaux qu'il conservait ostensiblement comme autant de preuves de ses liens privilégiés avec le pouvoir central, mais Antonio José Bolivar les trouva sans intérêt.

La reproduction de passages des discours prononcés au Congrès, dans lesquels l'honorable Bucaram prétendait qu'un autre honorable représentant n'avait rien dans son pantalon, l'article qui donnait tous les détails sur la manière dont Artemio Mateluna avait tué son meilleur ami de vingt coups de poignard, mais sans haine, la chronique qui dénonçait l'orgueil délirant des supporters de Manta, lesquels avaient émasculé un arbitre en plein stade, ne lui paraissaient pas des stimulants suffisants pour le convaincre de continuer à lire. Tout ça se passait dans un monde lointain, sans références qui le lui rendent intelligible et sans rien qui lui donne envie de l'imaginer.

Un beau jour le *Sucre* débarqua, en même temps que les caisses de bière et les bonbonnes de gaz, un malheureux prêtre expédié en mission par les autorités ecclésiastiques pour baptiser les enfants et mettre fin aux concubinages. Au bout de trois jours, le frère n'avait rencontré personne qui soit disposé à le conduire aux habitations des colons. Anéanti par une telle indifférence de sa clientèle, il était allé s'asseoir sur le quai en attendant le départ du bateau qui le tirerait de là. Pour tuer les heures de la canicule, il sortit un vieux livre de sous sa soutane et essaya de lire, mais la torpeur le terrassa.

Ce livre entre les mains du curé fascina Antonio José

Bolivar. Il attendit patiemment que le curé vaincu par le sommeil le laisse échapper.

C'était une biographie de saint François qu'il feuilleta furtivement avec l'impression de commettre une sorte de larcin.

Il épela les syllabes, puis sa soif de saisir tout ce qui était contenu dans ces pages le fit répéter à mi-voix les mots ainsi formés.

Le prêtre se réveilla et observa, amusé, Antonio José Bolivar, le nez dans son livre.

– C'est intéressant ? demanda-t-il.

– Excusez-moi, Monseigneur. Mais vous dormiez et je ne voulais pas vous déranger.

– Ça t'intéresse ? répéta le prêtre.

– On dirait que ça parle surtout d'animaux, répondit-il timidement.

– Saint François aimait les animaux. Et toutes les créatures de Dieu.

– Moi aussi je les aime. A ma manière. Vous connaissez saint François ?

– Non, Dieu ne m'a pas donné cette joie. Saint François est mort il y a très longtemps. Je veux dire qu'il a quitté cette vie terrestre pour aller auprès du Créateur jouir de la vie éternelle.

– Comment vous le savez ?

– Parce que j'ai lu le livre. C'est un de ceux que je préfère.

Le prêtre soulignait ses paroles en caressant le cartonnage usé. Antonio José Bolivar l'écoutait avec ravissement et sentait poindre la morsure de l'envie.

– Vous avez lu beaucoup de livres ?

– Un certain nombre. Autrefois, quand j'étais jeune et que mes yeux n'étaient pas fatigués, je dévorais toutes les œuvres qui me tombaient sous la main.

– Tous les livres parlent de saints ?

– Non. Il y a dans le monde des millions et des millions de livres. Dans toutes les langues et sur tous les sujets, y compris certains que les hommes ne devraient pas connaître.

Antonio José Bolivar ne comprit pas ce problème de censure. Il continuait à fixer les mains du prêtre, des mains grassouillettes, blanches sur le cartonnage noir.

– De quoi parlent les autres livres ?

– Je viens de te le dire. D'un tas de choses. D'aventures, de science, de la vie de personnages vertueux, de technique, d'amour…

Ce dernier point l'intéressa. L'amour, il n'en connaissait que ce que disent les chansons, particulièrement les *pasillos* que chantait Julito Jaramillo, dont la voix, issue des quartiers pauvres de Guayaquil, s'échappait parfois d'une radio à piles et rendait les hommes mélancoliques. Ces chansons-là disaient que l'amour était comme la piqûre d'un taon que nul ne voyait mais que tous recherchaient.

– C'est comment, les livres d'amour ?

– Ceux-là, je crains de ne pouvoir t'en parler. Je n'en ai pas lu plus de deux.

– Ça ne fait rien. C'est comment ?

– Eh bien, ils racontent l'histoire de deux personnes qui se rencontrent, qui s'aiment et qui luttent pour vaincre les difficultés qui les empêchent d'être heureux.

L'appel du *Sucre* annonça l'appareillage et il n'osa pas demander au prêtre de lui laisser le livre. Mais ce que celui-ci lui laissa, en revanche, ce fut un désir de lecture plus fort qu'auparavant.

Il passa toute la saison des pluies à ruminer sa triste condition de lecteur sans livre, se sentant pour la première fois de sa vie assiégé par la bête nommée solitude. Une bête rusée. Guettant le moindre moment

58

d'inattention pour s'approprier sa voix et le condamner à d'interminables conférences sans auditoire.

Il lui fallait de la lecture, ce qui impliquait qu'il sorte d'El Idilio. Peut-être n'était-il pas nécessaire d'aller très loin, peut-être rencontrerait-il à El Dorado quelqu'un qui possédait des livres, et il se creusait la cervelle pour trouver le moyen de les obtenir.

Quand les pluies faiblirent, quand les animaux réapparurent dans la forêt, il quitta sa cabane et, muni de son fusil, de plusieurs mètres de corde et de sa machette dûment affûtée, il partit dans la jungle.

Il resta là-bas environ deux semaines, sur les territoires des animaux que recherche l'homme blanc.

Dans la région des ouistitis, terre de haute végétation, il vida plusieurs douzaines de noix de coco pour préparer les pièges. Il l'avait appris des Shuars et ce n'était pas difficile. Il suffisait de vider les noix en y pratiquant une ouverture d'un pouce de diamètre au maximum, de faire de l'autre côté un petit trou pour y passer une corde, et de bloquer celle-ci au moyen d'un nœud très serré. Il attachait l'autre bout de la corde à un tronc d'arbre et disposait ensuite quelques cailloux dans la coque creuse. A peine s'était-il éloigné que les singes, qui l'avaient observé d'en haut, descendaient pour voir ce qu'il y avait dans les noix. Ils les prenaient, les agitaient, et à force de les secouer et d'entendre le bruit produit par les cailloux, finissaient par y plonger la main pour essayer de les retirer. Et quand ils en avaient attrapé un, ils ne voulaient plus le lâcher et se débattaient vainement sans réussir à l'extirper.

Ses pièges posés, il chercha un papayer de grande taille, de ces arbres que l'on appelle à juste titre des papayers à singes, parce que seuls les ouistitis peuvent atteindre les fruits délicieusement mûris au soleil et très sucrés qui les couronnent.

Il secoua le tronc jusqu'à ce que tombent deux fruits à la pulpe odorante et les serra dans sa gibecière.

Puis il se remit en route pour la région des aras, des perroquets et des toucans, recherchant les clairières et tâchant d'éviter les mauvaises rencontres.

Une succession de vallées le conduisit jusqu'à la zone de végétation épaisse, peuplée de guêpes et de ruches d'abeilles ouvrières, souillée sur toutes ses surfaces par les déjections des oiseaux. Dès qu'il y eut pénétré, le silence se fit et se prolongea plusieurs heures, le temps pour les oiseaux de s'habituer à sa présence.

Il fabriqua deux cages en tressant étroitement des lianes et des tiges de bougainvillées, et chercha des pieds de yahuasca.

Après quoi il écrasa les papayes pour mélanger l'odorante pulpe jaune des fruits au suc des racines de la plante exprimé à coups de manche de machette, et attendit en fumant que la mixture fermente. Il la goûta. Elle était forte et sucrée. Satisfait, il alla camper au bord d'un ruisseau où il se rassasia de poissons.

Le lendemain, il partit relever ses pièges.

Dans la région des singes, il trouva une douzaine d'animaux épuisés par leurs efforts stériles pour libérer leurs mains prisonnières des noix de coco. Il sélectionna trois couples de jeunes, les enferma dans une cage et libéra les autres.

Ensuite il revint à l'endroit où il avait laissé les fruits fermentés et y trouva une multitude d'aras, de perroquets et d'oiseaux de toutes sortes endormis dans les positions les plus invraisemblables. Certains tentaient de faire quelques pas en titubant, d'autres essayaient de s'envoler en battant maladroitement des ailes.

Il mit en cage un couple de guacayamos, des grands perroquets bleus et or, et un autre de petits aras shapul,

60

très appréciés pour leurs dons de parleurs, et abandonna les autres en leur souhaitant un bon réveil. Il savait que leur ivresse durerait plusieurs jours.

Son butin sur le dos, il regagna El Idilio et attendit que l'équipage du *Sucre* ait fini le chargement pour s'approcher du patron.

– J'ai besoin d'aller à El Dorado et je n'ai pas d'argent. Vous me connaissez. Prenez-moi, je vous paierai plus tard, quand j'aurai vendu mes bêtes.

Le patron jeta un œil sur les cages et fourragea dans sa barbe de plusieurs jours avant de répondre.

– Donne-moi un petit perroquet, et je m'estimerai payé. Ça fait un bail que j'en promets un à mon fils.

– Dans ce cas je vous donne un couple et ça paye aussi le retour. Ces oiseaux-là meurent de tristesse quand on les sépare.

Pendant le voyage, il bavarda avec le docteur Rubincondo Loachamín et le mit au courant des raisons de son déplacement. Le dentiste l'écoutait, amusé.

– Mais si tu voulais avoir des livres, pourquoi tu ne m'en as pas chargé ? Je suis sûr que je t'en aurais trouvé à Guayaquil.

– Merci, docteur. Le problème c'est que je ne sais pas encore quels livres je veux lire. Mais dès que je saurai, je profiterai de votre proposition.

El Dorado n'était certes pas une grande ville. On y trouvait une centaine de maisons dont la majorité s'alignaient le long du fleuve, et il ne devait son importance qu'à son poste de police, à quelques officines administratives, une église et une école publique peu fréquentée. Pour Antonio José Bolivar qui n'avait pas quitté la forêt depuis quarante ans, c'était revenir au monde immense qu'il avait connu jadis.

Le dentiste le présenta à la seule personne capable de l'aider, l'institutrice, et il obtint également pour le vieux la permission de dormir dans l'enceinte de l'école, une grande habitation de bambou pourvue d'une cuisine, en échange de son aide pour les travaux domestiques et la confection d'un herbier.

Quand il eut vendu les ouistitis et les perroquets, l'institutrice lui montra sa bibliothèque.

Il fut ému de voir tant de livres rassemblés. L'institutrice possédait une cinquantaine de volumes rangés sur des étagères et il éprouva un plaisir indicible à les passer en revue en s'aidant de la loupe qu'il venait d'acquérir.

Cinq mois durant, il put ainsi former et polir ses goûts de lecteur, tout en faisant alterner les doutes et les réponses.

En parcourant les textes de géométrie, il se demandait si cela valait vraiment la peine de savoir lire, et il ne conserva de ces livres qu'une seule longue phrase qu'il sortait dans les moments de mauvaise humeur : « Dans un triangle rectangle, l'hypoténuse est le côté opposé à l'angle droit. » Phrase qui, par la suite, devait produire un effet de stupeur chez les habitants d'El Idilio, qui la recevaient comme une charade absurde ou une franche obscénité.

Les textes d'histoire lui semblèrent un chapelet de mensonges. Était-il possible que ces petits messieurs pâles, avec leurs gants jusqu'aux coudes et leurs culottes collantes de funambules, aient été capables de gagner des batailles ? Il lui suffisait de voir leurs boucles soigneusement frisées flottant au vent pour comprendre que ces gens-là étaient incapables de tuer une mouche. Ce fut ainsi que les épisodes historiques se trouvèrent exclus de ses goûts de lecteur.

Edmondo de Amicis et son *Cœur* occupèrent pratiquement la moitié de son séjour à El Dorado. Là, il était à son affaire. C'était un livre qui lui collait aux mains et aux yeux, qui lui faisait oublier la fatigue pour continuer à lire, encore et toujours, jusqu'à ce qu'un soir, il finisse par se dire qu'il n'était pas possible qu'un seul corps endure tant de souffrances et contienne tant de malchance. Il fallait être vraiment un salaud pour prendre plaisir aux malheurs d'un pauvre garçon tel que le Petit Lombard, et c'est alors, après avoir cherché dans toute la bibliothèque, qu'il trouva enfin ce qui lui convenait vraiment.

Le *Rosaire* de Florence Barclay contenait de l'amour, encore de l'amour, toujours de l'amour. Les personnages souffraient et mêlaient félicité et malheur avec tant de beauté que sa loupe en était trempée de larmes.

L'institutrice, qui ne partageait pas tout à fait ses goûts, lui permit de prendre le livre pour retourner à El Idilio, où il le lut et le relut cent fois devant sa fenêtre, comme il se disposait à le faire maintenant avec les romans que lui avait apportés le dentiste et qui l'attendaient, insinuants et horizontaux, sur la table haute, étrangers au passé désordonné auquel Antonio José Bolivar préférait ne plus penser, laissant béantes les profondeurs de sa mémoire pour les remplir de bonheurs et de tourments d'amour plus éternels que le temps.

5

Le déluge survint avec les premières ombres du soir et, en quelques minutes, il devint impossible de voir plus loin que l'extrémité de son bras tendu. Le vieux se coucha dans son hamac en attendant le sommeil, bercé par la rumeur violente et monocorde de l'eau omniprésente.

Antonio José Bolivar dormait peu. Jamais plus de cinq heures par nuit et de deux heures de sieste. Le reste de son temps, il le consacrait à lire les romans, à divaguer sur les mystères de l'amour et à imaginer les lieux où se passaient ces histoires.

En lisant les noms de Paris, Londres ou Genève, il devait faire un énorme effort de concentration pour se les représenter. La seule grande ville qu'il eût jamais visitée était Ibarra, et il ne se souvenait que confusément des rues pavées, des pâtés de maisons basses, identiques, toutes blanches, et de la *Plaza de Armas* pleine de gens qui se promenaient devant la cathédrale.

Là s'arrêtait sa connaissance du monde et, en suivant les intrigues qui se déroulaient dans des villes aux noms lointains et sérieux tels que Prague ou Barcelone, il avait l'impression que le nom d'Ibarra n'était pas celui d'une ville faite pour les amours immenses.

Au cours de son voyage vers l'Amazonie en compagnie de Dolores Encarnación del Santísimo Sacramento

Estupiñán Otavalo, il avait traversé deux villes, Loja et Zamora, mais il n'avait fait que les entrevoir, de sorte qu'il n'était pas en mesure de dire si l'amour pouvait y trouver un terrain propice.

Mais ce qu'il aimait par-dessus tout imaginer, c'était la neige.

Enfant, il l'avait vue comme une peau de mouton mise à sécher au balcon du volcan Imbabura, et ces personnages de romans qui marchaient dessus sans crainte de la salir lui semblaient parfois d'une extravagance impardonnable.

Les nuits où il ne pleuvait pas, il laissait son hamac pour descendre au fleuve se laver. Puis il se préparait des portions de riz pour la journée, faisait frire des tranches de banane verte, et, s'il avait de la viande de singe, il en ajoutait quelques bons morceaux.

Les colons n'appréciaient pas la viande de singe. Ils ne comprenaient pas que cette viande dure et nerveuse était beaucoup plus riche en protéines qu'une viande de porc ou de vaches nourries d'herbes flottantes, qui n'était que de l'eau et n'avait aucun goût. Et puis la viande de singe devait être mastiquée longtemps, et plus encore par ceux qui n'avaient plus leurs dents d'origine, leur donnant de la sorte l'impression d'avoir mangé beaucoup sans charger inutilement leur corps.

Il arrosait ses repas de café grillé dans un brûloir en fer et moulu sous la pierre, qu'il sucrait avec de la cassonade et renforçait d'une petite dose de Frontera.

Pendant la saison des pluies, les nuits étaient plus longues et il prenait plaisir à paresser dans son hamac jusqu'à ce que le besoin d'uriner ou la faim l'obligent à l'abandonner.

Ce qu'il y avait de bien dans la saison des pluies, c'était qu'il suffisait de descendre au fleuve, d'entrer dans l'eau, de retourner quelques pierres et de fouiller dans la vase pour disposer d'une douzaine de gros crabes au petit déjeuner.

C'est ce qu'il fit ce matin-là. Il se déshabilla, noua une corde à sa ceinture, en attacha solidement l'autre extrémité à un pilotis afin de se protéger d'une crue soudaine ou du heurt d'un tronc à la dérive et, quand il eut de l'eau jusqu'aux tétons, il plongea.

L'eau était opaque jusqu'au fond, mais ses mains expertes déplacèrent une pierre et explorèrent la vase jusqu'à ce qu'il sente les crabes lui pincer les doigts entre leurs puissantes tenailles.

Il fit surface avec une poignée de crabes qui s'agitaient frénétiquement, et il s'apprêtait à sortir de l'eau quand il entendit des cris.

– Une pirogue ! Une pirogue qui arrive !

Il plissa les yeux pour essayer de découvrir l'embarcation, mais la pluie brouillait tout. La chape de pluie qui tombait inlassablement perforait la surface du fleuve de millions de piqûres d'épingle avec une telle intensité que celles-ci n'avaient même pas le temps de faire des auréoles.

Qui cela pouvait-il être ? Seul un fou pouvait se risquer à naviguer sous ce déluge.

Il écouta les cris qui continuaient et aperçut des formes courant vers le quai.

Il s'habilla, laissa les crabes sous un pot retourné devant la porte de sa cabane, se couvrit d'un carré de plastique et prit la même direction.

Les hommes se rangèrent pour laisser passer le maire. Le gros était sans chemise et tout son corps ruisselait sous son grand parapluie noir.

– Qu'est-ce qui se passe ? cria le maire en arrivant sur la berge.

Pour toute réponse on lui montra la pirogue attachée à un pilier. Sa mauvaise construction portait la marque des chercheurs d'or. Elle était arrivée à moitié submergée, ne flottant encore que parce qu'elle était en bois. A son bord se balançait le corps d'un homme, gorge ouverte et bras lacérés. Les mains crispées sur le bordage avaient les doigts mordus par les poissons, et il n'avait plus d'yeux. Les coqs de rochers, ces oiseaux rouges, petits et vigoureux, les seuls capables de voler sous le déluge, s'étaient chargés de lui ôter toute expression.

Le maire donna l'ordre de hisser le corps et, quand celui-ci fut sur les planches du quai, on l'identifia à sa bouche.

C'était Napoléon Salinas, un chercheur d'or qui s'était fait soigner la veille par le dentiste. Salinas était l'un des rares individus à ne pas se faire arracher les dents gâtées, préférant se les faire consolider avec de l'or. Il avait la bouche pleine d'or mais, sous la pluie qui lissait ses cheveux, ses dents affichant un dernier sourire ne provoquaient plus l'admiration.

Le maire chercha le vieux du regard.

– Et alors ? Encore la chatte ?

Antonio José Bolivar s'accroupit devant le mort sans cesser de penser aux crabes qu'il avait laissés prisonniers. Il écarta la plaie du cou, examina les lacérations des bras et acquiesça d'un hochement de tête.

– Eh bien, ça en fait un de moins, conclut le maire. Tôt ou tard, le diable l'aurait emporté.

Le gros avait raison. Pendant la saison des pluies, les chercheurs d'or restaient enfermés dans leurs cases mal construites, à guetter les rares éclaircies qui ne duraient jamais longtemps et cédaient vite la place à un redoublement de trombes d'eau.

Ils prenaient à la lettre la maxime « le temps c'est de l'or » et, puisque la pluie leur en laissait le loisir, ils jouaient à la *tute* avec des cartes graisseuses dont les figures étaient presque impossibles à reconnaître. La haine montait, ils voulaient tous s'approprier le roi de trèfle, ils se soupçonnaient tous mutuellement et, avant la fin des pluies, il y en avait toujours quelques-uns qui avaient disparu sans que l'on sache s'ils avaient été avalés par le fleuve ou par la forêt vorace.

Parfois, depuis le quai d'El Idilio, on voyait passer un cadavre gonflé parmi les branches et les troncs arrachés par la crue, et personne ne se souciait de lui lancer un grappin.

Napoléon Salinas avait la tête qui pendait et seuls ses bras déchiquetés indiquaient qu'il avait cherché à se défendre.

Le maire lui vida les poches. Il trouva une carte d'identité déteinte, quelques pièces, un peu de tabac et un petit sac en cuir. Il l'ouvrit et compta vingt pépites, petites comme des grains de riz.

– Eh bien, l'expert, qu'est-ce que tu en penses ?

– La même chose que vous, Excellence. Il est parti d'ici tard, assez bourré, il a été surpris par la pluie et s'est amarré à la berge pour y passer la nuit. C'est là que la femelle l'a attaqué. Il a réussi à remonter dans sa pirogue malgré ses blessures, mais il était saigné à blanc.

– Je suis heureux que nous soyons d'accord, dit le gros.

Le maire donna l'ordre à l'un des assistants de tenir son parapluie pour lui laisser les mains libres et répartit les pépites entre les hommes présents. Puis il récupéra le parapluie, poussa le mort du pied et l'envoya rouler dans l'eau la tête la première. Le cadavre s'enfonça lourdement et la pluie empêcha de voir où il refaisait surface.

Satisfait, le maire secoua le parapluie en signe de

départ, mais voyant que personne ne le suivait et que tous regardaient le vieux, il cracha, mécontent.

– Eh bien quoi ? La séance est terminée. Qu'est-ce que vous attendez ?

Les hommes continuaient à regarder le vieux, qui fut obligé de parler.

– Supposez que quelqu'un soit surpris par la nuit sur le fleuve, il doit accoster de quel côté pour attendre le jour ?

– Du côté le plus sûr. Le nôtre, répondit le gros.

– Vous l'avez dit, Excellence. Le nôtre. On s'arrête toujours de ce côté-ci, parce que si on perd sa pirogue, on a encore la possibilité de revenir au village en se taillant la route à coups de machette. Et c'est ce qu'a pensé ce pauvre Salinas.

– Et alors ? Qu'est-ce que ça fait, maintenant ?

– Ça fait beaucoup. Si vous réfléchissez un peu, vous comprendrez que l'animal se trouve, lui aussi, de notre côté. Vous croyez peut-être que les ocelots traversent le fleuve par un temps pareil ?

Les paroles du vieux soulevèrent des commentaires nerveux. Les hommes attendaient une réponse du maire. Après tout, il fallait bien que l'autorité serve à quelque chose.

Le gros ressentait cette attente comme une agression et faisait semblant de se concentrer en courbant sa nuque d'obèse sous le parapluie noir. La pluie redoubla soudain et les sacs de plastique qui couvraient les hommes leur collèrent au corps comme une seconde peau.

– L'animal est loin. Vous avez vu le cadavre ? Sans yeux et à moitié mangé par les bêtes. Ça ne s'est pas fait en une heure, ni même en cinq. Je ne vois pas de raison de faire dans vos pantalons, plastronna le maire.

– Peut-être bien. Mais ce qui est sûr aussi, c'est que

le mort n'était pas raide et qu'il ne sentait pas, rétorqua le vieux.

Il n'en dit pas davantage et n'attendit pas la suite. Il fit demi-tour et s'en alla, en se demandant s'il allait manger les crabes frits ou bouillis.

Tout en rentrant chez lui, il put voir à travers les nappes d'eau la silhouette solitaire et obèse du maire sous son parapluie, comme un champignon énorme et sombre qui aurait soudain poussé sur les planches du quai.

6

Après avoir mangé les crabes délicieux, le vieux nettoya méticuleusement son dentier et le rangea dans son mouchoir. Après quoi il débarrassa la table, jeta les restes par la fenêtre, ouvrit une bouteille de Frontera et choisit un roman.

La pluie qui l'entourait de toutes parts lui ménageait une intimité sans pareille.

Le roman commençait bien.

« Paul lui donna un baiser ardent pendant que le gondolier complice des aventures de son ami faisait semblant de regarder ailleurs et que la gondole, garnie de coussins moelleux, glissait paisiblement sur les canaux vénitiens. »

Il lut la phrase à voix haute et plusieurs fois.

– Qu'est-ce que ça peut bien être, des gondoles ?

Ça glissait sur des canaux. Il devait s'agir de barques ou de pirogues. Quant à Paul, il était clair que ce n'était pas un individu recommandable, puisqu'il donnait un « baiser ardent » à la jeune fille en présence d'un ami, complice de surcroît.

Ce début lui plaisait.

Il était reconnaissant à l'auteur de désigner les méchants dès le départ. De cette manière, on évitait les malentendus et les sympathies non méritées.

Restait le baiser – quoi déjà ? – « ardent ». Comment est-ce qu'on pouvait faire ça ?

Il se souvenait des rares fois où il avait donné un baiser à Dolores Encarnación del Santísimo Sacramento Estupiñán Otavalo. Peut-être, sans qu'il s'en rende compte, l'un de ces baisers avait-il été ardent, comme celui de Paul dans le roman. En tout cas il n'y avait pas eu beaucoup de baisers, parce que sa femme répondait par des éclats de rire, ou alors elle disait que ça devait être un péché.

Un baiser ardent. Un baiser. Il avait découvert récemment qu'il n'en avait guère donné, et seulement à sa femme, car les Shuars ne connaissent pas le baiser.

Il existe chez eux, entre hommes et femmes, des caresses sur tout le corps, sans se préoccuper de la présence de tiers. Même quand ils font l'amour, ils ne se donnent pas de baisers. La femme préfère s'accroupir sur l'homme, en affirmant que cette position lui fait mieux sentir l'amour et que les *anents* qui accompagnent l'acte en sont d'autant plus puissants.

Non, chez les Shuars le baiser n'existe pas.

Il se souvenait aussi d'avoir vu, une fois, un chercheur d'or culbuter une femme jivaro, une pauvresse qui rôdait chez les colons et les aventuriers en mendiant une gorgée d'aguardiente. Tous les hommes qui en avaient envie pouvaient l'emmener dans un coin et la posséder. Abrutie par l'alcool, la malheureuse ne se rendait pas compte de ce qu'on faisait d'elle. Cette fois-là, un aventurier l'avait prise sur la plage et avait cherché à coller sa bouche à la sienne.

La femme avait réagi comme un animal sauvage. Elle avait fait rouler l'homme couché sur elle, lui avait lancé une poignée de sable dans les yeux et était allée ostensiblement vomir de dégoût.

Si c'était cela, un baiser ardent, alors le Paul du roman n'était qu'un porc.

Quand arriva l'heure de la sieste, il avait lu environ quatre pages et réfléchi à leur propos, et il était préoccupé de ne pouvoir imaginer Venise en lui prêtant les caractères qu'il avait attribués à d'autres villes, également découvertes dans des romans.

A Venise, apparemment, les rues étaient inondées et les gens étaient obligés de se déplacer en gondoles.

Les gondoles. Le mot « gondole » avait fini par le séduire et il pensa que ce serait bien d'appeler ainsi sa pirogue. La Gondole du Nangaritza.

Il en était là de ses pensées quand la torpeur de la mi-journée l'envahit, et il s'étendit sur le hamac avec un sourire amusé à l'idée de ces gens qui risquaient de tomber directement dans la rivière dès qu'ils franchissaient le seuil de leur maison.

Plus tard dans l'après-midi, après un nouveau festin de crabes, il voulut poursuivre sa lecture, mais il en fut distrait par des cris qui l'obligèrent à sortir la tête sous la pluie.

Une mule affolée galopait sur le sentier en poussant des braiments épouvantables et en envoyant des ruades à ceux qui essayaient de l'arrêter. Piqué par la curiosité, il jeta son carré de plastique sur ses épaules et partit voir ce qui se passait.

Après beaucoup d'efforts, les hommes étaient parvenus à cerner la bête fugitive et rétrécissaient leur cercle en évitant les coups de sabots. Certains glissaient et se relevaient couverts de boue, mais finalement l'animal, pris par la bride, se trouva immobilisé.

La mule portait des plaies profondes aux flancs et saignait abondamment par une entaille qui allait de la tête au pelage ras du poitrail.

Le maire, sans parapluie cette fois, donna l'ordre de

la faire tomber et lui expédia le coup de grâce. L'animal reçut la décharge, lança quelques ruades en l'air et ne bougea plus.

– C'est la mule d'Alkaseltzer Miranda, dit quelqu'un.

L'assistance acquiesça. Miranda était un colon installé à quelque sept kilomètres d'El Idilio. Il avait cessé de cultiver ses terres occupées par la jungle pour tenir un misérable comptoir de vente d'aguardiente, sel, tabac et Alkaseltzer – de là son surnom – où s'approvisionnaient les chercheurs d'or qui ne voulaient pas aller jusqu'au village.

La mule était sellée, signe qu'il devait y avoir quelque part un cavalier.

Le maire donna l'ordre de préparer pour le lendemain matin une expédition en direction du comptoir de Miranda et chargea deux hommes de dépecer la bête.

Les machettes entrèrent en action sous la pluie. Elles taillaient avec précision dans les chairs faméliques, en ressortaient ensanglantées et, le temps d'y pénétrer de nouveau pour vaincre la résistance d'un os, l'eau du ciel les avait déjà lavées.

La viande ainsi découpée fut portée sous le porche de la mairie où le gros la distribua aux personnes présentes.

– Et toi, le vieux, quel morceau tu veux ?

Antonio José Bolivar répondit qu'il voulait seulement un peu de foie, tout en comprenant que la sollicitude du gros l'incluait dans l'expédition.

Son morceau de foie encore chaud à la main, il reprit le chemin de sa cabane, suivi par les hommes qui portaient la tête et les parties inutilisables de l'animal pour les jeter dans le fleuve. La nuit tombait et, par-dessus la rumeur de la pluie, on entendait les aboiements des chiens qui se disputaient les tripes de la nouvelle victime répandues dans la boue.

Tout en faisant frire le foie agrémenté de brins de romarin, il maudit l'incident qui le tirait de sa tranquillité. Impossible désormais de se concentrer sur sa lecture, obligé qu'il était de penser à l'expédition du lendemain avec le maire à sa tête.

Tout le monde savait que le maire le tenait à l'œil, et son animosité avait certainement encore augmenté après l'affaire des deux Shuars et du gringo mort.

Le gros pouvait lui causer des problèmes, il en avait déjà fait l'expérience.

En maugréant, il mit son dentier et mastiqua les morceaux de foie. Il avait souvent entendu dire que la vieillesse apporte la sagesse, et il avait attendu avec confiance cette vertu qui devait lui donner ce qu'il désirait le plus : le pouvoir de maîtriser le fil de ses souvenirs et de ne pas tomber dans les pièges que lui tendait parfois sa mémoire.

Mais cette fois encore, il ne put résister, tandis que s'estompait la rumeur monotone de la pluie.

Bien des années le séparaient de cette matinée où un bateau comme on n'en avait encore jamais vu était venu s'amarrer au quai d'El Idilio. Une barque plate à moteur qui permettait à huit personnes de voyager commodément, assises deux par deux et non en file indienne, les membres ankylosés, comme dans les pirogues.

Cette embarcation moderne amenait quatre Américains équipés d'appareils photo, de vivres et d'instruments à l'usage inconnu. Ils passèrent plusieurs jours à faire la cour au maire en l'abreuvant de whisky, jusqu'à ce que le gros, tout bouffi de vanité, désigne le vieux comme le meilleur connaisseur de l'Amazonie et les conduise à la porte de sa cabane.

Le gros empestait la boisson et ne cessait de l'appeler son ami et collaborateur, pendant que les gringos le photographiaient, lui et tout ce qui tombait sous leurs objectifs.

Ils entrèrent dans la cabane sans demander la permission et l'un d'eux, après avoir ri aux éclats, insista pour acheter le tableau qui le représentait avec Dolores Encarnación del Santísimo Sacramento Estupiñán Otavalo. Le gringo eut même l'impudence de le décrocher et de le mettre dans son sac en posant sur la table une poignée de billets.

Le vieux eut du mal à se maîtriser et à trouver ses mots.

– Dis à ce salopard que s'il ne remet pas le portrait où il l'a pris je lui mets deux balles et il pourra dire adieu à ses couilles. Et dis-lui aussi que mon fusil est toujours chargé.

Les intrus comprenaient l'espagnol et n'eurent pas besoin que le maire leur détaille les intentions du vieux. Le gros protesta de son amitié, demanda leur compréhension, expliqua que dans ces contrées les souvenirs de famille étaient sacrés, les supplia de ne pas prendre mal la chose, les assura que les Équatoriens en général, et lui en particulier, aimaient beaucoup les Américains du Nord et que, s'ils voulaient se procurer de bons souvenirs, il se chargerait personnellement de leur en trouver.

Quand le portrait eut retrouvé sa place de toujours, le vieux fit jouer les percuteurs de son fusil et leur intima l'ordre de filer.

– Espèce de vieux con. Tu me fais rater une affaire importante. Et toi aussi tu rates une affaire importante. On t'a rendu ton portrait. Qu'est-ce que tu veux de plus ?

– Qu'ils s'en aillent. Je ne fais pas d'affaires avec

des gens qui ne savent pas respecter la maison des autres.

Le maire voulut ajouter quelque chose mais il vit la moue de mépris que faisaient les visiteurs avant de tourner les talons, et la colère l'emporta.

– C'est toi qui vas t'en aller, vieille merde.

– Je suis chez moi.

– Ah oui ? Tu ne t'es jamais demandé à qui appartient le terrain où tu as construit ta saloperie de trou à rat ?

La question le prit de court. Il avait eu jadis un papier officiel qui l'accréditait comme le possesseur de deux hectares de terre, mais ceux-ci se trouvaient à plusieurs lieues en amont.

– A personne. Il n'y a pas de propriétaire.

Le maire eut un rire triomphant.

– Eh bien tu te trompes. Toutes les terres situées sur une bande de cent mètres le long du fleuve appartiennent à l'État. Et au cas où tu ne serais pas au courant, ici l'État, c'est moi. On en reparlera. Je ne suis pas près d'oublier ce que tu m'as fait, et le pardon et moi, ça fait deux.

Le vieux réprima son envie d'appuyer sur la détente. Il imaginait la double décharge trouant l'énorme bedaine, arrachant une partie du dos et faisant jaillir les tripes.

Le gros vit ses yeux brillants et jugea préférable de vider hâtivement les lieux pour rejoindre en courant le groupe des Américains.

Le lendemain, quand la vedette s'éloigna du quai, elle comptait des passagers supplémentaires, un colon et un Jivaro recommandés par le maire pour leur bonne connaissance de la forêt.

Antonio José Bolivar Proaño attendit la visite du gros, le fusil prêt.

Mais le gros restait à distance de la cabane. En revanche, il reçut la visite d'Onecén Salmundio, un octogénaire natif de Vilcabamba et qui lui témoignait de l'amitié à cause de leurs origines montagnardes communes.

– Qu'est-ce qui se passe, pays ? demanda Onecén en le saluant.

– Rien, pays. Et vous, qu'est-ce qui vous amène ?

– J'ai appris des choses, pays. La Limace est venue me demander d'accompagner les gringos dans la jungle. J'ai eu du mal à le convaincre qu'à mon âge je les mènerais pas loin. Il fallait entendre les compliments qu'il m'a faits, la Limace. Il n'arrêtait pas de me répéter combien les gringos seraient heureux de m'avoir, vu que j'ai moi-même un nom de gringo.

– Comment ça, pays ?

– Eh oui. Onecén, c'est le nom d'un saint des gringos. Il est sur leurs pièces de monnaie. Ça s'écrit en deux mots, avec un t à la fin : *One cent*.

– Quelque chose me dit que vous n'êtes pas venu me voir pour me parler de votre nom, pays.

– C'est vrai. Je suis venu vous dire de faire attention. La Limace vous a pris en grippe. Il a demandé devant moi aux gringos d'aller voir, en rentrant, le commissaire d'El Dorado pour qu'il envoie deux gardes ruraux. Il veut vous expulser de chez vous, pays.

– J'ai assez de munitions pour les recevoir tous, affirma-t-il sans conviction. Et les nuits suivantes, il ne parvint pas à dormir.

Le remède contre l'insomnie arriva une semaine plus tard, avec le retour de la barque à fond plat. Son accostage manqua d'élégance. Elle vint heurter les pilotis du quai et personne ne se préoccupa du déchargement. Elle ne ramenait que trois Américains qui, dès qu'ils furent à terre, partirent en courant à la recherche du maire.

Peu de temps après, il reçut la visite du gros qui venait faire la paix.

– Écoute, entre chrétiens, on parle et on finit toujours par s'entendre. Ce que je t'ai dit est vrai. Ta maison est construite sur un terrain de l'État et tu n'as pas le droit de rester ici. Je devrais même t'arrêter pour occupation illégale, mais on est amis. Aussi vrai qu'on dit qu'une main lave l'autre et que les deux lavent le cul, on doit s'entraider.

– Et qu'est-ce que vous voulez, maintenant ?

– D'abord que tu m'écoutes. Je vais te raconter ce qui est arrivé. Dès le deuxième bivouac, le Jivaro a filé avec des bouteilles de whisky. Tu connais les sauvages. Ils pensent qu'à voler. Le colon leur a dit que ça n'avait pas d'importance. Les gringos voulaient s'enfoncer très loin pour photographier les Shuars. Je ne sais pas ce qui leur plaît tellement chez ces Indiens tout nus. En tout cas, le colon les a guidés sans problème jusqu'aux contreforts du Yacuambi, et ils disent que c'est là que les singes les ont attaqués. J'ai pas tout compris, parce qu'ils sont complètement hystériques et qu'ils causent tous les trois à la fois. Ils disent que les singes ont tué le colon et un des leurs. J'arrive pas à y croire. Depuis quand est-ce que les ouistitis tuent les hommes ? Avec une gifle on en envoie valser une douzaine. Pour moi c'est les Jivaros. Qu'est-ce que tu en penses ?

– Vous savez bien que les Shuars évitent les histoires. Les gringos n'en ont certainement pas vu un seul. Si, comme ils le disent, le colon les a conduits jusqu'au pied du Yacuambi, il faut que vous sachiez aussi que les Shuars n'y vivent plus depuis longtemps. Et sachez encore que les singes attaquent. C'est vrai qu'ils sont petits, mais à mille, ils sont capables de dépecer un cheval.

– Je n'y comprends rien. Les gringos ne chassaient pas. Ils n'avaient même pas d'armes.

– Il y a trop de choses que vous ne comprenez pas. Moi, j'ai des années de jungle. Écoutez. Vous savez comment font les Shuars quand ils entrent sur le territoire des singes ? D'abord ils ôtent toutes leur parures, ils ne portent rien qui peut attirer leur curiosité, et ils noircissent leurs machettes avec de la suie de palme brûlée. Vous vous rendez compte : avec leurs appareils photo, leurs montres, leurs chaînes en argent, leurs boucles de ceinture, leurs couteaux, les gringos ont tout fait pour provoquer la curiosité des singes. Je connais la région et je connais leur comportement. Je peux vous dire que si vous oubliez un détail, si vous avez sur vous la moindre chose qui attire la curiosité d'un ouistiti et s'il descend de son arbre pour vous le prendre, vous avez intérêt à le laisser faire. Si vous résistez, le ouistiti se met à hurler et en quelques secondes des centaines, des milliers de petits démons poilus et furieux vous dégringolent du ciel.

Le gros écoutait en épongeant sa transpiration.

– Je te crois. Mais tout ça c'est de ta faute, parce que tu as refusé de les accompagner, de leur servir de guide. Avec toi, il ne se serait rien passé. Et ils avaient une lettre de recommandation du gouverneur. Je suis dans la merde jusqu'au cou et il faut que tu m'aides à en sortir.

– Ils ne m'auraient pas écouté. Les gringos savent toujours tout. Mais vous ne m'avez toujours pas dit ce que vous voulez de moi.

Le maire sortit de sa poche revolver un flacon de whisky et lui en offrit une gorgée. Le vieux accepta, rien que pour en connaître le goût, et tout de suite il eut honte de sa curiosité de ouistiti.

– Ils demandent quelqu'un pour aller ramasser les

restes de leur compagnon. Je te jure qu'ils sont prêts à payer un bon prix pour ça, et tu es le seul à pouvoir le faire.

– D'accord. Mais je ne veux pas être mêlé à vos affaires. Je vous ramène ce qui reste du gringo, et vous, vous me laissez tranquille.

– Bien sûr, vieux. Je te disais bien qu'entre chrétiens, on parle et on finit toujours par s'entendre.

Il n'eut pas de grands efforts à faire pour retrouver l'endroit où les gringos avaient passé leur première nuit, puis il se tailla à coups de machette un chemin jusqu'au Yacuambi, dans la forêt haute, riche en fruits sylvestres, territoire de nombreuses colonies de singes. Là, il n'eut même pas besoin de chercher les traces. Dans leur fuite, les Américains avaient abandonné une telle quantité d'objets qu'il lui suffit de les suivre pour trouver les restes des malheureux.

Il repéra d'abord le colon. Il le reconnut à son crâne sans dents. L'Américain gisait quelques mètres plus loin. Les fourmis avaient fait un travail impeccable et n'avaient laissé que les os, nets, pareils à de la craie. Elles étaient en train de terminer le squelette. Telles des bûcheronnes minuscules et cuivrées, elles transportaient un à un les cheveux jaune paille pour étayer le cône d'entrée de leur fourmilière.

Il alluma un cigare avec des mouvements lents et fuma en contemplant le travail des insectes indifférents à sa présence. Il entendit un bruit qui venait des hauteurs et ne put refréner un éclat de rire. Un tout petit ouistiti dégringolait d'un arbre, entraîné par le poids d'un appareil photo qu'il ne voulait pas lâcher.

Il acheva son cigare. Avec sa machette il aida les fourmis à nettoyer le crâne et mit les ossements dans un sac.

Le malheureux Américain n'avait réussi à garder qu'un seul objet : sa ceinture, dont les singes n'avaient pu défaire la boucle argentée en forme de fer à cheval.

Il rentra à El Idilio livrer les restes, le maire le laissa tranquille et il fit tout pour sauvegarder cette paix, car c'était d'elle que dépendaient les moments de bonheur passés face au fleuve, debout devant la table haute, à lire lentement les romans d'amour.

Et voilà que la paix était de nouveau menacée par le maire qui l'obligeait à participer à son expédition et par des griffes acérées qui se cachaient quelque part dans les profondeurs de la forêt.

7

Les hommes se rassemblèrent à l'aube, dont on devinait les premières lueurs au-dessus des nuages épais. Ils arrivaient l'un après l'autre, pieds nus et pantalon retroussé jusqu'aux genoux, en sautant pour éviter la boue du sentier.

Le maire ordonna à sa femme de servir du café et des bananes vertes pendant qu'il distribuait les munitions. Trois doubles charges par homme, plus une poignée de cigares attachés ensemble, des allumettes soufrées et une bouteille de Frontera.

– C'est l'État qui paye. Vous me signerez un reçu au retour.

Les hommes mangeaient et s'envoyaient les premières rasades de la journée.

Antonio José Bolívar Proaño se tenait un peu à l'écart du groupe sans toucher au plat en fer-blanc.

Il avait déjeuné très tôt et savait qu'il n'est pas bon de chasser le ventre trop plein. Le chasseur doit toujours avoir un peu faim, car la faim avive les sens. Il aiguisait sa machette en crachant régulièrement sur la lame, puis fermait un œil pour vérifier la perfection du tranchant d'acier.

– Vous avez un plan ? demanda quelqu'un.

– On va d'abord chez Miranda. Après, on verra.

Le gros n'était évidemment pas un grand stratège.

Après avoir ostensiblement vérifié que sa Smith & Wesson était chargée, il engloutit son corps dans un ciré bleu qui ne fit qu'en souligner les boursouflures.

Les quatre hommes ne risquèrent aucun commentaire. Ils prenaient seulement plaisir à le voir transpirer comme un robinet rouillé condamné à couler pour l'éternité.

« Tu vas voir, Limace. Tu vas voir comme tu vas être bien au chaud dans ton imperméable. Tes couilles vont bouillir, là-dedans. »

Sauf le maire, ils étaient tous pieds nus. Ils avaient doublé leurs chapeaux de paille de sacs en plastique, tandis que cigares, munitions et allumettes étaient à l'abri dans leurs gibecières de toile caoutchoutée. Ils portaient leurs fusils déchargés en bandoulière.

– Si je peux me permettre : les bottes en caoutchouc vont vous gêner pour marcher.

Le gros fit semblant de ne pas avoir entendu et donna le signal du départ.

Ils eurent bientôt laissé la dernière habitation d'El Idilio et pénétrèrent dans la forêt. Il y pleuvait moins, mais l'eau tombait en lourdes rigoles. La pluie était arrêtée par le toit végétal. Elle s'accumulait sur les feuilles et, quand les branches finissaient par céder sous son poids, l'eau se précipitait, chargée de toutes sortes de senteurs.

Ils allaient lentement à cause de la boue, des branches et des plantes qui envahissaient l'étroit sentier avec une vigueur nouvelle.

Ils s'étaient divisés pour progresser plus aisément. Deux hommes ouvraient le chemin à coups de machette, suivis du maire haletant, aussi mouillé au-dedans qu'au-dehors, et les deux derniers fermaient la marche en coupant ce qui avait échappé aux premiers.

Antonio José Bolivar faisait partie de cette arrière-garde.

– Armez les fusils, ordonna le gros. Mieux vaut se tenir prêts.

– Pour quoi faire ? Les cartouches sont bien au sec dans les sacs.

– C'est moi qui commande, ici.

– A vos ordres, Excellence. C'est vrai que les cartouches sont à l'État.

Les hommes firent semblant de charger leurs fusils.

Au bout de cinq heures de marche, ils avaient parcouru un peu plus d'un kilomètre. A plusieurs reprises, ils avaient dû s'arrêter à cause des bottes du gros. Régulièrement, ses pieds s'enfonçaient dans la vase avec des bruits de succion, comme si elle allait avaler tout le corps obèse. Il se débattait tellement maladroitement qu'il ne parvenait qu'à s'enfoncer davantage. Les hommes le sortaient en le prenant sous les aisselles et, quelques pas plus loin, il se retrouvait dans la boue jusqu'aux genoux.

Soudain, il perdit une botte. Le pied libéré apparut, blanc et obscène, mais, pour garder son équilibre, il le plongea aussitôt dans le trou où la botte avait disparu.

Le vieux et son compagnon l'aidèrent à sortir de là.

– Ma botte. Trouvez-moi ma botte, ordonna le gros.

– On vous avait bien dit qu'elles allaient vous gêner. Elle a disparu. Faites comme nous, marchez sur les branches mortes. Pieds nus c'est plus facile et on va plus vite.

Furieux, le maire se pencha et essaya de creuser la boue avec les mains. Tâche impossible. Il ne faisait que ramener des poignées de matière noire et dégoulinante sans parvenir à ouvrir un trou dans la surface lisse.

– A votre place, je ferais pas ça, dit un homme. On

ne sait jamais quelles bestioles sont en train de dormir tranquillement là-dessous.

– C'est vrai, renchérit le vieux. Des scorpions, par exemple. Ils s'enterrent jusqu'à la fin des pluies et ils détestent qu'on les dérange. Ces putains d'animaux ont mauvais caractère.

Le maire, toujours courbé, lui jeta un regard haineux.

– Vous croyez que je vais gober vos conneries ? Vous voulez me faire peur avec vos histoires de bonnes femmes ?

– Non, Excellence. Attendez un peu.

Le vieux coupa une branche, en fendit une extrémité pour faire une fourche et la plongea à plusieurs reprises dans l'eau gargouillante. Puis il la retira, la nettoya précautionneusement avec sa machette et fit tomber sur le sol un scorpion adulte. L'insecte était couvert de vase, mais on voyait parfaitement sa queue venimeuse dressée.

– Vous voyez ? Suant et salé comme vous l'êtes, vous êtes une véritable invitation à souper pour ces bestioles.

Le maire ne répondit pas. Il fixait le scorpion qui essayait de replonger dans la paix de la vase. Il dégaina son revolver et déchargea les six balles sur l'insecte. Puis il ôta l'autre botte et la lança dans le feuillage.

Le gros enfin déchaussé, la marche devint un peu plus rapide, mais ils continuaient à perdre du temps dans les montées. Après avoir grimpé sans difficulté, il leur fallait s'arrêter pour regarder le maire à quatre pattes qui faisait deux pas et en glissait de quatre.

– Montez à reculons, Excellence, lui criaient-ils. Regardez-nous. Écartez bien les jambes avant de poser le pied. Vous ne les ouvrez pas plus haut que les genoux. Vous marchez comme une bonne sœur quand elle passe devant une caserne. Ouvrez-les bien et marchez à reculons.

Le gros, les yeux rouges de rage, essayait de monter à sa façon, mais son corps informe le trahissait toujours, et les hommes devaient former la chaîne pour le hisser à bout de bras.

Les descentes étaient rapides. Le maire les faisait assis, ou sur le dos, ou sur le ventre. Il arrivait toujours bon premier, couvert de boue et de débris de plantes.

Au milieu de l'après-midi, d'énormes nuages s'amassèrent de nouveau dans le ciel. Ils ne pouvaient pas les voir, mais ils les devinaient à l'obscurité qui rendait la forêt plus impénétrable encore.

– Impossible de continuer. On n'y voit plus rien, dit le maire.

– Voilà une parole raisonnable, répondit le vieux.

– Alors on s'arrête ici, ordonna le maire.

– Attendez-moi. Je vais chercher un endroit sûr. Je ne serai pas long. Fumez, comme ça je pourrai m'orienter en revenant.

Le vieux donna son fusil à un homme. Il disparut, englouti par l'obscurité, et les autres restèrent à fumer leurs cigares en les protégeant de leurs mains.

Il trouva rapidement un terrain plat. Il fit quelques pas pour le mesurer et sonda la végétation avec sa machette. Soudain la machette rendit un son métallique et le vieux eut un soupir de satisfaction. Il rejoignit le groupe, guidé par l'odeur du tabac, et annonça qu'il avait trouvé un endroit où passer la nuit.

Le groupe arriva sur le terre-plein et deux hommes coupèrent des feuilles de bananier sauvage. Ils en tapissèrent le sol et s'assirent, satisfaits, pour boire un coup de Frontera bien mérité.

– Dommage qu'on ne puisse pas faire de feu, se plaignit le maire. On serait davantage en sécurité.

– C'est mieux comme ça, fit un homme.

– Je n'aime pas ça. Je n'aime pas l'obscurité. Même

les sauvages font du feu pour se protéger, plaida le maire.

– Écoutez, Excellence, on est en lieu sûr. Supposons que la bête soit dans le coin : on ne peut pas la voir, mais elle non plus, elle ne peut pas nous voir. Si on fait du feu, ça lui permettra de nous voir, mais nous on ne la verra toujours pas, parce que les flammes nous éblouiront. Restez tranquille et tâchez de dormir. On a tous besoin d'un bon somme. Et surtout, il faut éviter de parler.

Les hommes approuvèrent ses paroles et, après s'être brièvement concertés, ils se distribuèrent les tours de garde. Le vieux prit le premier.

La fatigue de la marche eut vite raison des hommes. Ils dormaient en chien de fusil, les bras autour des jambes et le chapeau rabattu sur le visage. Le bruit de la pluie recouvrait celui de leur respiration tranquille.

Antonio José Bolivar était assis, adossé à un arbre et jambes croisées. Il caressait de temps en temps la lame de sa machette et suivait attentivement les rumeurs de la forêt. Des chocs répétés, le bruit d'une masse volumineuse frappant l'eau lui indiquèrent qu'ils étaient près d'un bras du fleuve ou d'un arroyo en crue. A la saison des pluies le déluge faisait tomber des branches les insectes par milliers, et les poissons faisaient bombance. Ils sautaient de joie, repus et satisfaits.

Il se souvint de la première fois qu'il avait vu un vrai poisson de fleuve. Il y avait longtemps de cela. Il était encore novice dans la forêt.

Un soir de chasse, il avait senti son corps tellement acide et puant à force de sueur qu'en arrivant au bord d'un arroyo il avait voulu piquer une tête. Par chance un Shuar l'avait vu à temps et lui avait lancé un cri d'avertissement.

– Ne fais pas ça. C'est dangereux.

– Les piranhas ?

Non, lui avait expliqué le Shuar : les piranhas vivent en eau calme et profonde, jamais dans les courants rapides. Ce sont des poissons lents et ils ne deviennent vifs que sous l'effet de la faim ou de l'odeur du sang. De fait, il n'avait jamais eu de problème avec les piranhas. Les Shuars lui avaient appris qu'il suffisait de s'enduire le corps de sève d'hévéa pour les tenir à distance. La sève d'hévéa pique, brûle comme si elle allait arracher la peau, mais la démangeaison s'en va dès que l'on est au contact de l'eau fraîche, et les piranhas s'enfuient quand ils sentent l'odeur.

– Pire que les piranhas, avait dit le Shuar, en désignant un point à la surface de l'arroyo. Il avait vu une tache sombre de plus d'un mètre de long qui glissait rapidement.

– Qu'est-ce que c'est ?

– *Bagre guacayamo.*

Un silure-perroquet. Un poisson énorme. Par la suite, il avait pêché des spécimens qui atteignaient deux mètres et dépassaient soixante-dix kilos, et il avait aussi appris que cet animal n'est pas méchant, mais mortellement affectueux.

Quand il voit un être humain dans l'eau, il s'approche pour jouer avec lui et ses coups de queue sont capables de lui briser la colonne vertébrale.

Les chocs sourds dans l'eau continuaient. Peut-être s'agissait-il d'un silure-perroquet se gavant de termites, de hannetons, de phasmes, de sauterelles, de grillons, d'araignées ou de minces couleuvres volantes, arrachés par la pluie.

C'était, dans l'obscurité, le bruit de la vie. Comme disent les Shuars : le jour, il y a l'homme et la forêt. La nuit, l'homme est forêt.

Il l'écouta avec plaisir jusqu'à ce qu'il s'éteigne.

L'homme qui devait le relever se réveilla avant l'heure, s'étira en faisant craquer ses os et vint le rejoindre.

– J'ai assez dormi. Va prendre ma place. Je te l'ai chauffée.

– Je ne suis pas fatigué. Je préfère dormir quand il fera un peu plus clair.

– Il y avait quelque chose qui sautait dans l'eau, non ?

Le vieux allait lui parler des poissons, mais il fut interrompu par un bruit nouveau, venant des fourrés.

– Tu as entendu ?

– Chut. Parle plus bas.

– Qu'est-ce que c'est ?

– Je ne sais pas. Mais c'est sûrement sérieux. Réveille les autres sans faire de bruit.

L'homme n'eut pas le temps de se lever car ils furent tous deux éblouis par une lumière blanche, rendue plus aveuglante encore par sa réfraction dans l'humidité de la végétation.

C'était le maire qui s'approchait, alerté par le bruit, lanterne allumée.

– Éteignez ça, ordonna énergiquement le vieux sans hausser la voix.

– Pourquoi ? Il y a quelque chose, et je veux voir ce que c'est, répondit le gros, en envoyant le faisceau lumineux dans toutes les directions et en armant son revolver.

– Je vous dis d'éteindre cette saloperie. D'un coup de poing, le vieux envoya valser la lanterne.

– De quel droit...

Les paroles du gros se perdirent dans un bruyant battement d'ailes, et une cataracte fétide s'abattit sur le groupe.

– Félicitations. On n'a plus qu'à lever le camp en

92

vitesse, si on ne veut pas que les fourmis viennent nous disputer la merde fraîche.

Le maire demeura interdit. Il tâtonna pour retrouver la lanterne et suivit comme il put le groupe qui abandonnait les lieux.

Les hommes maudissaient la stupidité du gros en maugréant des insultes inintelligibles.

Ils marchèrent jusqu'à une clairière où la pluie vint les frapper de plein fouet.

– Qu'est-ce qui s'est passé ? Qu'est-ce que c'était ? demanda le gros quand ils s'arrêtèrent.

– De la merde. Vous la sentez pas ?

– Je sais bien que c'est de la merde. On était sous une bande de singes ?

Une fragile lumière commençait à rendre visibles les silhouettes des hommes et les formes de la forêt.

– Si ça peut vous être utile, Excellence, quand on bivouaque dans la forêt, il faut se mettre près d'un tronc brûlé ou pétrifié. Les chauves-souris qui y nichent sont le meilleur signal d'alarme. En s'envolant dans la direction opposée au bruit, ces bestioles nous auraient montré d'où il venait. Mais vous leur avez fait peur avec votre lampe et vos cris, alors elles se sont envolées en nous chiant dessus. Elles sont très sensibles, comme tous les rongeurs, et, au moindre signe de danger, elles lâchent tout ce qu'elles ont dans le ventre pour s'alléger. Allez, frottez-vous bien le crâne, si vous ne voulez pas être bouffé par les moustiques.

Le maire imita les autres en nettoyant les excréments pestilentiels. Quand ils eurent terminé, il faisait assez jour pour se remettre en route.

Ils marchèrent pendant trois heures, toujours vers l'orient, franchissant des ruisseaux en crue, des ravins, des clairières qu'ils traversaient en tendant leur visage vers l'eau du ciel pour se rafraîchir, et ils firent halte au bord d'une lagune afin de manger quelque chose.

Ils ramassèrent des fruits et des crabes que le gros refusa de manger crus. Toujours enveloppé de son imperméable bleu, il grelottait de froid et continuait à se plaindre de ne pouvoir allumer un feu.

– On est tout près, dit un homme.

– Oui. Mais on va faire un détour pour arriver par-derrière. Ça serait plus facile d'y aller directement en longeant le fleuve, mais la bête est intelligente et elle peut nous réserver une surprise, expliqua le vieux.

Les hommes acquiescèrent et firent descendre leur nourriture avec quelques gorgées de Frontera.

En voyant le gros s'éloigner un peu et se cacher derrière un arbuste, ils se donnèrent des coups de coude.

– Sa Seigneurie ne veut pas nous montrer son cul.

– Il est tellement con qu'il va s'asseoir sur une fourmilière en la prenant pour un trône.

– Je parie qu'il va demander du papier pour s'essuyer, ajouta un autre au milieu des éclats de rire.

Ils riaient dans le dos de la Limace – comme ils ne manquaient jamais de l'appeler dès qu'il n'était pas là. Les rires furent coupés net par un cri de terreur suivi d'une série de coups de feu. Six à la file, vidant généreusement le revolver.

Le maire reparut en remontant son pantalon et en les appelant :

– Venez ! Venez ! Je l'ai vue. Elle était derrière moi et elle allait m'attaquer. Je l'ai touchée. Venez ! On va la chercher.

Ils armèrent leurs fusils et se lancèrent dans la direction indiquée par le gros. Ils suivirent une large traînée de sang qui redoubla l'euphorie du maire et arrivèrent devant un animal à long museau que secouaient les derniers spasmes de l'agonie. Le beau pelage jaune moucheté était souillé de sang et de boue. L'animal les regardait en ouvrant des yeux immenses, et une faible plainte sortait de son museau en trompette.

– C'est un ours à miel. Vous ne pouvez pas regarder, avant de tirer avec votre sale jouet ? Ça porte malheur, de tuer un ours à miel. Même le dernier des imbéciles sait ça. Il n'y a pas d'animal plus inoffensif dans toute la forêt.

Les hommes hochaient la tête, émus par la malchance de la pauvre bête, tandis que le maire rechargeait son arme sans rien trouver pour sa défense.

Midi était passé quand ils virent la réclame déteinte d'Alkaseltzer qui indiquait le comptoir de Miranda. C'était un rectangle de laiton bleu aux lettres presque illisibles que le propriétaire avait cloué très haut sur l'arbre voisin de sa cabane.

Ils trouvèrent le colon à quelques mètres de la porte. Il avait le dos ouvert par deux coups de griffes qui allaient des omoplates à la ceinture. Le cou atrocement déchiqueté laissait voir les vertèbres cervicales.

Le mort était à plat ventre et tenait encore sa machette.

Les hommes le traînèrent dans le poste, sans se soucier des prouesses techniques des fourmis qui avaient construit en une nuit un pont de feuilles et de branches pour exploiter le cadavre à leur aise. A l'intérieur, une lampe à carbure brûlait faiblement et cela puait la graisse brûlée.

En s'approchant du réchaud à kérosène, ils découvrirent la source de l'odeur. L'appareil était encore tiède. Il ne restait plus une goutte de combustible et la mèche était consumée. Une poêle contenait les restes de deux queues d'iguane carbonisées.

Le maire contemplait le cadavre.

– Je ne comprends pas. Miranda était un vétéran, il

n'avait rien d'un trouillard, et on dirait qu'il était tellement paniqué qu'il n'a même pas pensé à éteindre son réchaud. Pourquoi ne pas s'enfermer, en attendant l'ocelot ? Son fusil est resté accroché. Pourquoi ne pas s'en servir ?

Les autres se posaient les mêmes questions.

Le maire enleva son ciré et une cascade de sueur dégoulina jusqu'à ses pieds. Tout en continuant à regarder le mort, ils fumèrent, ils burent, l'un d'eux répara le réchaud et, avec l'autorisation du maire, ils ouvrirent des boîtes de sardines.

– C'était pas un mauvais bougre, dit un homme.

– Depuis que sa femme l'a quitté, il vivait plus seul qu'un bâton d'aveugle, ajouta un autre.

– Il avait de la famille ? demanda le maire.

– Non. Il est arrivé avec son frère, qui est mort de la malaria il y a longtemps. Sa femme est partie avec un photographe ambulant et on dit qu'elle vit à Zamora. Peut-être que le patron du bateau saura où elle est.

– Je suppose que son comptoir lui rapportait quelque chose. Vous savez ce qu'il faisait de son argent ? questionna encore le gros.

– Son argent ? Il le jouait aux cartes et il gardait tout juste de quoi réapprovisionner son stock. C'est comme ça, ici, au cas où vous ne seriez pas au courant. C'est la forêt qui nous entre dans les tripes. Si on n'a pas un point fixe pour s'y accrocher, on n'en finit plus de tourner en rond.

Les hommes approuvèrent avec une sorte d'orgueil pervers. Là-dessus, le vieux entra.

– Il y a un autre cadavre dehors.

Ils sortirent précipitamment et, trempés par la pluie, ils découvrirent le second mort. Il était étendu, pantalon baissé. Ses épaules avaient été labourées par les griffes et sa gorge ouverte offrait un spectacle qui commençait à leur être familier. La machette plantée en terre disait qu'il n'avait pas eu le temps de s'en servir.

– Je crois que j'ai compris, dit le vieux.

Ils entouraient le corps et suivaient, dans le regard du maire, les efforts qu'il faisait pour trouver, lui aussi, une explication.

– Le mort, c'est Placencio Puñán, un type qui ne se montrait pas beaucoup, et ils allaient probablement manger ensemble. Vous avez vu les queues d'iguane brûlées ? C'est Placencio qui les a apportées. On ne trouve pas ces bêtes-là dans le coin et il a dû les chasser à plusieurs journées de marche dans la jungle. Vous ne le connaissiez pas. C'était un prospecteur. Il ne cherchait pas de l'or comme cette bande de dingues, il était convaincu que très loin, dans l'intérieur, on peut trouver des émeraudes. Je me rappelle, il parlait de la Colombie et de pierres vertes grosses comme le poing. Pauvre type. Il a dû avoir envie de se vider les intestins et il est sorti. C'est comme ça que la bête l'a surpris. Accroupi et cramponné à sa machette. Elle a attaqué de face, elle lui a planté ses griffes dans les épaules et ses crocs dans la gorge. Miranda a dû entendre les cris et arriver juste à temps pour assister au pire, alors il n'a pensé qu'à seller sa mule et à s'enfuir. On a vu qu'il n'est pas allé loin.

Un homme retourna le cadavre. Son dos portait des traces d'excréments.

– Encore heureux qu'il a eu le temps de chier, dit l'homme, et ils laissèrent le cadavre à plat ventre pour que la pluie implacable lave les vestiges de son ultime acte en ce monde.

8

Ils passèrent le reste de la journée à s'occuper des morts.

Ils les enveloppèrent dans le hamac de Miranda, face à face, pour leur éviter d'entrer dans l'éternité comme des étrangers solitaires, puis ils cousirent ce suaire improvisé et attachèrent de grosses pierres aux quatre coins.

Ils traînèrent leur fardeau jusqu'à un marécage proche, le soulevèrent, le balancèrent pour lui donner l'élan nécessaire et le lancèrent dans les joncs et les roses des marais. Le paquet s'enfonça en faisant de lourdes bulles et en entraînant des végétaux et des crapauds surpris.

Ils revinrent au comptoir alors que l'obscurité prenait possession de la forêt et le gros distribua les tours de garde.

Il désigna deux hommes pour veiller pendant quatre heures, relevés ensuite par les deux autres. Quant à lui, il dormirait sans interruption jusqu'au matin.

Avant de se coucher, ils firent cuire du riz aux bananes et, le repas terminé, Antonio José Bolivar nettoya son dentier pour le ranger dans son mouchoir. Ses compagnons le virent hésiter un moment et, à leur surprise, le remettre.

Comme il était du premier quart, le vieux s'appropria la lampe à carbure.

Perplexe, son coéquipier le regardait parcourir avec sa loupe les signes réguliers du livre.

– C'est vrai que tu sais lire, camarade ?

– Un peu.

– Et tu lis quoi ?

– Un roman. Mais tais-toi. Quand tu parles, tu fais bouger la flamme et moi je vois bouger les lettres.

L'autre s'éloigna pour ne pas le gêner, mais l'attention que le vieux portait au livre était telle qu'il ne supporta pas de rester à l'écart.

– De quoi ça parle ?

– De l'amour.

A cette réponse du vieux, il se rapprocha, très intéressé.

– Sans blague ? Avec des bonnes femmes riches, chaudes et tout ?

Le vieux ferma le livre d'un coup sec qui fit trembler la flamme de la lampe.

– Non. Ça parle de l'autre amour. Celui qui fait souffrir.

L'homme se sentit déçu. Il courba les épaules et s'éloigna de nouveau. Avec ostentation, il but une longue gorgée, alluma un cigare et se mit à affûter sa machette.

Il passait la pierre, crachait sur le métal, la repassait, puis éprouvait le tranchant du doigt.

Le vieux s'était replongé dans son livre, sans se laisser distraire par le bruit âpre de la pierre sur l'acier, en marmottant comme s'il priait.

– Allez, lis un peu plus fort.

– Sérieusement ? Ça t'intéresse ?

– Bien sûr que oui. J'ai été une fois au cinéma, à Loja, et j'ai vu un film mexicain, un film d'amour. Comment t'expliquer, camarade ? Qu'est-ce que j'ai pu pleurer.

– Alors il faut que je te lise depuis le début, comme ça tu sauras qui sont les bons et les méchants.

Antonio José Bolivar retourna à la première page. A force de la relire, il la savait par cœur.

« Paul lui donna un baiser ardent, pendant que le gondolier complice des aventures de son ami faisait semblant de regarder ailleurs et que la gondole, garnie de coussins moelleux, glissait paisiblement sur les canaux vénitiens. »

– Pas si vite, camarade, dit une voix.

Le vieux leva les yeux. Les trois hommes l'entouraient. Le maire était allongé un peu plus loin, sur un matelas de sacs.

– Il y a des mots que je ne comprends pas, expliqua celui qui venait de parler.

– Tu les comprends tous, toi ? demanda un autre.

Le vieux entreprit d'expliquer à sa manière les mots inconnus.

Gondolier, gondole, puis baiser ardent, parurent un peu plus clairs au bout de deux heures d'un échange d'opinions entrecoupées d'anecdotes piquantes. Mais le mystère de la ville où les gens devaient se servir de bateaux pour se déplacer demeurait inexplicable.

– Peut-être qu'il pleut tout le temps.

– Ou alors que les rivières sont en crue.

– Ils doivent être encore plus mouillés que nous.

– Vous vous rendez compte. On se tape son Frontera, on a besoin de sortir pour pisser, et qu'est-ce qu'on voit ? Les voisins qui vous regardent avec des gueules de poisson.

Les hommes riaient, fumaient et buvaient. Le maire s'agita dans son lit.

– Pour votre gouverne, Venise est une ville construite sur une lagune. Et elle se trouve en Italie, beugla-t-il de son lit.

– Ça alors ! Et les maisons flottent comme des radeaux, renchérit quelqu'un.

– Si c'est comme ça, pourquoi des bateaux ? Ils ont qu'à se servir de leurs maisons pour naviguer, fit remarquer un autre.

– Ce que vous pouvez être cons ! Ce sont des maisons en dur. Il y a même des palais, des cathédrales, des châteaux, des ponts, des rues pour les gens. Tous les immeubles ont des fondations en pierre, déclara le maire.

– Et comment vous le savez ? Vous y êtes allé ? demanda le vieux.

– Non. Mais moi j'ai de l'instruction. C'est même pour ça que je suis maire.

Les explications du gros compliquaient les choses.

– Si je vous comprends bien, Excellence, ces gens-là ont des pierres qui flottent, comme les pierres ponces, mais même comme ça, même si on construit une maison en pierre ponce, elle ne flotte pas, ça j'en suis sûr. Ils mettent certainement des planches dessous.

Le maire se prit la tête à deux mains.

– Mais vous êtes vraiment plus cons que nature ! Pensez ce que vous voudrez. La forêt vous a rendus complètement idiots. Le bon Dieu lui-même ne peut rien à votre connerie. Et puis autre chose : vous allez arrêter de m'appeler Excellence. Depuis que vous avez entendu le dentiste, vous n'avez plus que ce mot-là à la bouche.

– Et comment vous voulez qu'on vous appelle ? On dit Votre Honneur au juge, Monseigneur au curé. Vous, c'est pareil, il faut bien qu'on vous donne un nom, Excellence.

Le gros voulut ajouter quelque chose, mais un geste du vieux l'arrêta. Les hommes comprirent, empoignèrent leur arme, éteignirent les lampes et attendirent.

De l'extérieur vint le bruit ténu d'un corps se déplaçant avec précaution. Les pas étaient imperceptibles, mais ce corps frôlait les arbustes et les plantes. L'eau s'arrêtait de couler sur son passage pour reprendre ensuite son ruissellement plus fort.

Le corps en mouvement décrivait un demi-cercle autour de la cabane. Le maire s'approcha du vieux à quatre pattes.

– C'est la bête ?

– Oui. Et elle nous a sentis.

Le gros se redressa brusquement. Malgré l'obscurité, il trouva la porte et vida son revolver à l'aveuglette contre la jungle.

Les hommes allumèrent la lampe. Ils hochaient la tête sans faire de commentaires et regardaient le maire recharger son arme.

– C'est de votre faute si je l'ai manquée. Vous passez la nuit à déconner comme des pédés au lieu de monter la garde.

– On voit que vous avez de l'instruction, Excellence. La bête n'avait aucune chance. Il fallait la laisser tourner jusqu'à ce qu'on arrive à calculer à quelle distance elle était. Deux passages encore, et on l'avait à portée.

– Bien sûr. Vous savez toujours tout. Je l'ai peut-être touchée, se justifia le gros.

– Allez voir, si vous y tenez. Et si un moustique vous attaque, ne lui tirez pas dessus, ça troublera notre sommeil.

Au petit matin, ils profitèrent de la lumière blafarde qui filtrait par le toit de la forêt pour inspecter les environs. La pluie n'avait pas effacé les traces laissées par l'animal en écrasant les plantes. On ne voyait pas de sang sur le feuillage et la piste se perdait dans les profondeurs de la jungle.

Ils retournèrent à la cabane et burent du café noir.

– Ce que j'aime le moins, dit le maire, c'est que cette bête rôde à moins de cinq kilomètres d'El Idilio. Combien de temps peut mettre un ocelot pour faire le trajet ?

– Moins que nous. Il a quatre pattes, il sait sauter par-dessus les mares et il a pas de bottes, répondit le vieux.

Le maire comprit qu'il s'était suffisamment discrédité auprès de ces hommes. Rester plus longtemps avec ce vieux de plus en plus sarcastique ne ferait qu'augmenter sa réputation d'inutile et peut-être de lâche.

Il trouva une échappatoire qui avait une apparence de logique tout en couvrant ses arrières.

– Écoute, Antonio José Bolivar, on va faire un pacte. Tu es un vétéran de la jungle. Tu la connais mieux que toi-même. Nous ne faisons que te gêner. Suis sa piste et tue-la. L'État te paiera cinq mille sucres. Tu restes ici et tu fais comme tu veux. Nous, pendant ce temps, on rentre protéger le village. Cinq mille sucres. Qu'est-ce que tu en dis ?

Le vieux écouta la proposition du gros sans broncher.

En réalité la seule chose raisonnable à faire, c'était de rentrer à El Idilio. En poursuivant sa chasse à l'homme, l'animal ne tarderait pas à se diriger vers le village et là, il serait facile de lui tendre un piège. La femelle chercherait nécessairement de nouvelles victimes, et il était stupide de prétendre lui disputer son propre territoire.

Le maire voulait se débarrasser de lui. Ses reparties avaient blessé ses principes d'animal autoritaire et il avait trouvé une formule élégante pour ne plus l'avoir sur le dos.

Le vieux ne se souciait pas outre mesure de ce que pouvait penser le gros couvert de sueur. La récompense ne l'intéressait pas beaucoup non plus. Il avait d'autres soucis en tête.

Quelque chose lui disait que la bête n'était pas loin. Peut-être même qu'en ce moment précis elle était en train de les observer. En outre, depuis quelque temps, il se demandait pourquoi toutes ces victimes le laissaient indifférent. C'était probablement sa vie passée chez les Shuars qui lui faisait voir ces morts comme un acte de justice. Un acte sanglant, mais inéluctable, œil pour œil.

Ce fauve, le gringo lui avait assassiné ses petits et peut-être aussi son mâle. D'un autre côté, sa conduite laissait penser qu'en s'approchant dangereusement des hommes comme elle l'avait fait la nuit précédente et, avant, pour tuer Placencio et Miranda, elle cherchait la mort.

Une volonté inconnue lui dictait que la tuer était un acte de pitié inéluctable, mais qui n'avait rien à voir avec la pitié de ceux qui pardonnent comme on fait une aumône. La femelle cherchait une occasion de mourir dans un combat à découvert, dans un duel que ni le maire ni aucun de ses hommes ne pouvaient comprendre.

– Qu'est-ce que tu en dis, vieux ? répéta le maire.

– C'est d'accord. Mais laissez-moi des cigares, des allumettes et des cartouches supplémentaires.

Le maire eut un soupir de soulagement et lui donna ce qu'il demandait.

Le groupe eut vite fait de régler les détails du retour. Ils se dirent adieu, et Antonio José Bolivar s'occupa de bien fermer la porte et la fenêtre de la cabane.

L'obscurité vint dès le milieu de l'après-midi, et le vieux reprit sa lecture et son attente sous la lumière taciturne de la lampe, entouré du ruissellement de l'eau à travers le feuillage.

Il avait recommencé à la première page.

Il était mécontent de ne pas arriver à comprendre l'intrigue. Il faisait défiler les phrases qu'il savait par cœur et elles sortaient de sa bouche dénuées de sens. Ses pensées voyageaient dans toutes les directions à la recherche d'un point quelconque sur lequel se fixer.

– Peut-être que j'ai peur.

Il pensa au proverbe shuar qui conseillait de se cacher de la peur et il éteignit la lampe. Il s'allongea sur les sacs, dans le noir, son fusil armé sur la poitrine, et laissa toutes ses pensées s'apaiser comme les cailloux quand ils touchent le fond du fleuve.

Voyons, Antonio José Bolivar. Qu'est-ce qui t'arrive ?

Ce n'est pas la première fois que tu affrontes un fauve pris de folie. Qu'est-ce qui te rend si impatient ? L'attente ? Tu préférerais qu'il apparaisse tout de suite, qu'il défonce la porte et que le dénouement soit rapide ? Tu sais bien que c'est impossible. Tu sais qu'aucun animal n'est assez stupide pour attaquer une tanière étrangère. Et pourquoi es-tu si sûr que c'est toi, précisément, que va chercher la bête ? Tu ne penses pas qu'avec toute l'intelligence dont elle a déjà fait preuve, elle va plutôt choisir le groupe d'hommes ? Elle peut les suivre et les éliminer un par un avant qu'ils n'arrivent à El Idilio. Tu sais qu'elle en est capable et tu aurais dû les avertir, leur dire : « Ne vous quittez pas d'un mètre. Restez éveillés, bivouaquez sans dormir et toujours sur la berge du fleuve. » Tu sais que, même comme ça, il serait facile au fauve de les guetter, de leur sauter dessus, d'en égorger un, et, avant que les autres ne soient remis de leur panique, de se cacher pour préparer l'attaque suivante. Tu crois peut-être que l'ocelote te considère comme son égal ? Ne sois pas vaniteux, Antonio José Bolivar. Souviens-toi que tu n'es pas un chasseur, que tu as toi-même toujours refusé ce qualificatif, et que les félins suivent les véritables, les authentiques chasseurs à l'odeur de peur et de sexe en érection qui émane d'eux. Non, tu n'es pas un vrai chasseur. Souvent les habitants d'El Idilio parlent de toi en t'appelant le Chasseur, et tu leur dis que ce n'est pas vrai, parce que les chasseurs tuent pour vaincre la peur qui les rend fous et les pourrit de l'intérieur. Combien de fois tu as vu apparaître des bandes d'individus enfiévrés, bien armés, qui s'enfonçaient dans la forêt. Quelques semaines plus tard tu les voyais revenir avec des ballots de peaux de fourmiliers, de loutres, d'ours à miel, de boas, de lézards, de petits chats sauvages, mais jamais avec la dépouille d'un véritable adversaire comme la femelle que tu attends. Tu les as vus se saouler devant leurs tas de peaux pour dissimuler la peur que leur inspirait la certitude d'avoir été vus, sentis et méprisés par un ennemi digne de ce nom dans les profondeurs de la forêt. C'est vrai que les chasseurs se font moins nombreux, parce que les animaux se sont enfoncés vers l'orient en franchissant des montagnes impraticables, loin, si loin que le dernier anaconda aperçu habite en territoire brésilien. Et pourtant tu as vu et tu as chassé des anacondas non loin d'ici.

La première de ces chasses a été un acte de justice, ou de vengeance. Tu as beau retourner la chose dans tous les sens, tu n'arrives pas à faire la différence. Le reptile avait surpris le fils d'un colon pendant qu'il se baignait. Tu aimais l'enfant. Il n'avait pas douze ans et l'anaconda l'a laissé flasque comme une outre. Tu te souviens ? Tu as suivi la piste en pirogue et tu as trouvé la plage où il prenait le soleil. Alors tu as disposé des loutres mortes en appât et tu as attendu. En ce temps-là tu étais jeune, agile, et tu savais que cette agilité constituait ta seule chance de ne pas être transformé en nouveau festin du dieu des eaux. Un beau saut. La machette à la main. Un seul coup net. La tête du serpent tombant sur le sable et, avant qu'il ait le temps de te toucher, toi bondissant à l'abri des fourrés, évitant les soubresauts du corps puissant. Onze ou douze mètres de haine. Onze ou douze mètres de peau olive foncée avec des cercles noirs, tentant encore de tuer alors qu'il était déjà mort.

La seconde chasse a été pour témoigner ta gratitude au sorcier shuar qui t'avait sauvé la vie. Tu te souviens ? Tu as refait le coup de laisser de la viande sur la plage et tu as attendu, perché sur un arbre, de le voir sortir du fleuve. Cette fois, c'était sans haine. Tu l'as regardé avaler les rongeurs et tu as préparé ton dard, tu as emmailloté de toiles d'araignées la pointe acérée, tu l'as enduit de curare, tu l'as introduit dans la sarbacane, et tu as visé en cherchant la base du crâne.

Le reptile a reçu le dard, il s'est dressé presque aux trois quarts et, de l'arbre où tu te cachais, tu as vu le regard de ses yeux jaunes, de ses pupilles verticales, qui te cherchait et qui n'a pas eu le temps de t'atteindre parce que le curare agit très vite.

Puis il y a eu la cérémonie de l'écorchement, il a fallu faire quinze, vingt pas en ouvrant à la machette l'animal dont la chair rose et froide s'imprégnait de sable.

Tu te souviens ? Quand tu leur as donné la peau, les Shuars t'ont dit que tu n'étais pas des leurs mais que tu étais d'ici.

Et les ocelots non plus ne te sont pas étrangers, sauf que tu n'as jamais tué un petit, pas plus celui d'un ocelot que celui d'une autre espèce. Seulement des animaux adultes, comme le veut la loi shuar. Tu sais que les ocelots sont des animaux étranges, au comportement imprévisible. Ils n'ont pas la force des jaguars, mais ils font preuve d'une intelligence raffinée.

« Si la piste est trop facile et que tu crois tenir l'ocelot, c'est qu'il est derrière toi, les yeux fixés sur ta nuque », disent les Shuars, et c'est vrai.

Une fois, à la demande des colons, tu as pu mesurer la ruse du grand chat moucheté. Un très gros spécimen faisait un carnage de vaches et de mules et ils t'ont demandé ton aide. La traque a été difficile. D'abord l'animal s'est laissé suivre en te guidant jusqu'aux contreforts de la cordillère du Condor, terre de végétation basse, idéale pour les embuscades au ras du sol. Quand tu as compris le piège, tu as essayé de retourner dans la forêt profonde, mais l'ocelot te coupait le chemin en se montrant, sans jamais te laisser le temps de le viser. Tu as tiré deux ou trois fois sans l'atteindre, et tu as fini par réaliser que le félin voulait te fatiguer avant l'assaut final. Il t'a fait comprendre qu'il savait attendre et qu'il savait peut-être, aussi, que tu n'avais plus beaucoup de munitions.

Cette lutte-là a été digne. Tu te souviens ? Tu attendais sans bouger un muscle, en te donnant de temps en temps des gifles pour écarter le sommeil. Trois jours d'attente, jusqu'à ce que l'ocelot se sente suffisamment sûr de lui pour se lancer à l'attaque. Un bon truc, celui d'attendre allongé par terre, le fusil armé.

Pourquoi tous ces souvenirs ? Parce que cette femelle occupe toutes tes pensées ? Ou parce que, peut-être, vous savez tous les deux que vous êtes pareils ? Après quatre assassinats, elle en connaît autant sur les hommes que toi sur les ocelots. Ou peut-être que tu en connais moins qu'elle. Les Shuars ne chassent pas l'ocelot. La viande n'est pas comestible et la peau d'une seule bête suffit pour faire des parures qui durent des générations. Les Shuars : est-ce que tu aimerais en avoir un avec toi ? Oui, bien sûr, Nushiño, ton ami.

– Frère, tu suis la piste ?

Le Shuar refusera. En crachant beaucoup, pour que tu saches bien qu'il dit la vérité, il te dira que ça ne l'intéresse pas. Ce n'est pas son affaire. Tu es le chasseur des Blancs, tu as un fusil, tu violes la mort en l'entourant de douleur. Ton ami Nushiño te dira que les seuls animaux que les Shuars tuent pour tuer sont les paresseux.

– Et pourquoi, frère ? Les paresseux passent leur temps à dormir accrochés aux arbres.

Avant de te répondre, ton ami Nushiño lâchera un pet sonore pour être sûr qu'aucun paresseux ne l'écoute et il te dira que, il y a de cela bien longtemps, un chef shuar est devenu méchant et sanguinaire. Il tuait les bons Shuars sans raison, et les anciens ont décidé sa mort. Quand il s'est vu menacé, Tñaupi le chef sanguinaire a pris la fuite en se transformant en paresseux et ceux-ci, comme les singes, se ressemblant tous, on ne peut pas savoir dans lequel se cache le Shuar condamné. Voilà pourquoi il faut tuer tous les paresseux.

– Ça s'est passé comme ça, dira l'ami Nushiño en crachant une dernière fois avant de s'en aller, parce que les Shuars s'en vont toujours quand ils ont fini de raconter une histoire, évitant les questions génératrices de mensonges.

D'où te viennent toutes ces pensées ? Allons, Antonio José Bolivar. Allons, vieux. Sous quelles plantes sont-elles à l'affût ? Est-ce que la peur t'a trouvé, est-ce que tu ne peux plus rien faire pour t'en cacher ? Si c'est ça, alors les yeux de la peur peuvent te voir, comme tu vois les lueurs de l'aube entrer par les fentes entre les bambous.

Il but plusieurs pots de café noir, puis commença ses préparatifs. Il fit fondre des chandelles et plongea ses cartouches dans le suif. Ensuite il les égoutta jusqu'à ce qu'elles ne soient plus recouvertes que d'une fine pellicule. De cette manière, même si elles tombaient dans l'eau, elles demeureraient au sec.

Il s'appliqua le reste du suif sur le front en couvrant plus particulièrement les sourcils de façon à former comme une visière. Ainsi, au cas où il aurait à affronter l'animal dans une clairière, sa vue serait protégée de la pluie.

Enfin, après avoir vérifié le tranchant de sa machette, il sortit dans la forêt pour repérer une piste.

Il traça d'abord un rayon de deux cents pas à partir de la cabane en direction de l'orient, en suivant les marques trouvées la veille.

Arrivé à l'extrémité du rayon, il décrivit un arc de cercle en direction du sud-ouest.

Il découvrit des plantes écrasées, tiges enterrées dans la boue. C'était là que l'animal s'était tapi avant de marcher vers la cabane, et ces îlots de végétaux blessés se répétaient à distance régulière pour disparaître enfin sur une pente de la montagne.

Il négligea ces traces anciennes et continua sa recherche.

Sous les grandes feuilles d'un bananier sauvage, il trouva les empreintes bien marquées des pattes de l'animal. Elles étaient grandes, presque de la taille d'un poing d'homme adulte et, à côté de ces traces de pas, il releva d'autres détails qui lui parlèrent du comportement de l'animal.

La femelle ne chassait pas. Les tiges brisées autour des empreintes de pattes étaient contraires à la manière de chasser de n'importe quel félin. La femelle agitait la queue, frénétique jusqu'à l'imprudence, excitée par

111

le voisinage de ses victimes. Non, elle ne chassait pas. Elle se déplaçait avec la certitude d'avoir affaire à une espèce inférieure.

Il l'imagina à cette même place, amaigrie, haletante, angoissée, yeux fixes, regard pétrifié, tous muscles bandés, et la queue battant avec sensualité.

– Bien, ma bête, maintenant je sais comment tu te déplaces. Reste à savoir où tu es.

Il avait parlé à la forêt et seule la pluie lui répondit.

Augmentant son rayon d'action, il s'éloigna de la cabane pour atteindre une légère élévation de terrain qui lui permettait, malgré la pluie, d'avoir un bon point de vue sur tout l'espace qu'il avait parcouru. Au-delà, la végétation redevenait basse et épaisse, en contraste avec la zone des grands arbres qui le protégeait d'une attaque au ras du sol. Il décida d'abandonner cette petite hauteur et de marcher en ligne droite vers l'ouest, vers le Yacuambi qui coulait à peu de distance.

Un peu avant midi la pluie s'arrêta et cela l'alarma. Il fallait que la pluie continue, sinon l'évaporation commencerait et la forêt disparaîtrait dans un brouillard épais qui l'empêcherait de respirer et d'y voir à plus d'un pas.

Soudain des millions d'aiguilles argentées trouèrent le toit de la forêt en éclairant intensément les points où elles tombaient. Il se trouvait juste sous une éclaircie dans les nuages, pris dans les reflets des rayons du soleil qui frappaient la végétation humide. Il se frotta les yeux en jurant et, environné de cent arcs-en-ciel éphémères, se hâta de s'éloigner avant que ne commence l'évaporation redoutée.

C'est alors qu'il la vit.

Alerté par un bruit d'eau tombant à l'improviste, il se retourna et put la voir qui se déplaçait vers le sud, à une cinquantaine de mètres.

Elle se déplaçait avec lenteur, la gueule ouverte et la queue fouettant ses flancs. Il calcula qu'elle mesurait bien deux mètres de la tête à la queue et que, dressée sur ses pattes de derrière, elle dépassait la taille d'un chien de berger.

L'animal disparut derrière un arbuste et réapparut presque immédiatement. Cette fois il se dirigeait vers le nord.

– Je connais le truc. Si tu veux qu'on règle ça ici, d'accord, je reste. Dans le nuage de vapeur, toi non plus tu n'y verras rien, lui cria-t-il, et il se mit en garde, en s'adossant à un arbre.

L'arrêt de la pluie provoqua immédiatement l'arrivée des moustiques. Ils attaquèrent en cherchant les lèvres, les paupières, le moindre coin de peau sensible. Minuscules, ils entraient dans les narines, les oreilles, se prenaient dans les cheveux. En hâte, il mit un cigare dans sa bouche, le mâcha, en fit une bouillie et appliqua cette pâte pleine de salive sur son visage et ses bras.

Par chance l'éclaircie dura peu et la pluie reprit, plus intense. Avec elle revint le calme, et l'on n'entendit plus que le bruit de l'eau pénétrant dans le feuillage.

La femelle se montra à plusieurs reprises, se déplaçant toujours sur une trajectoire nord-sud.

Le vieux continuait à l'étudier. Il suivait les mouvements de l'animal pour découvrir le point, dans les fourrés, où il faisait demi-tour vers le nord pour le provoquer de nouveau.

– Je suis là. C'est moi, Antonio José Bolivar Proaño, et de la patience, j'en ai à revendre. Tu es un animal étonnant, ça ne fait aucun doute. Je me demande si ta conduite est intelligente ou désespérée. Pourquoi tu ne me tournes pas autour, pourquoi tu ne fais pas semblant de m'attaquer ? Pourquoi tu ne pars pas vers l'orient pour m'entraîner à ta suite ? Tu vas du nord au sud, tu tournes à l'ouest, et tu refais le même trajet dans l'autre sens. Tu me prends pour un con ? Tu me coupes le chemin du fleuve. C'est ça, ton plan. Tu veux me voir fuir à l'intérieur de la forêt et m'y poursuivre. Je ne suis pas si con, mon amie. Et toi tu n'es pas aussi intelligente que je le croyais.

Il la regardait se déplacer et fut plusieurs fois sur le point de tirer. Mais il ne le fit pas. Il savait que son tir devait être sûr et définitif. S'il la blessait seulement, la femelle ne lui laisserait pas le temps de recharger son arme. Or un défaut des percuteurs faisait partir les deux coups à la fois.

Les heures passèrent et, quand la lumière diminua, il sut que le jeu de l'animal ne consistait pas à le pousser vers l'orient. Elle le voulait ici, en cet endroit, et elle attendait l'obscurité pour l'attaquer.

Le vieux calcula qu'il disposait encore d'une heure de lumière, et il devait profiter de ce délai pour gagner la berge de la rivière et y chercher un lieu sûr.

Il attendit le moment où, parvenue à l'extrémité sud de son parcours, la femelle effectuait sa volte-face, pour se lancer en courant dans la direction de la rivière.

Il arriva sur un terrain anciennement défriché qui lui permit de prendre de la vitesse et le traversa, fusil serré sur la poitrine. Avec un peu de chance, il pouvait atteindre la rivière avant que la femelle ne découvre sa tentative d'évasion. Il savait qu'il n'était pas loin d'un camp de chercheurs d'or abandonné où il pourrait se réfugier.

Il se réjouit en entendant la rivière en crue. Elle était tout près. Il ne lui restait plus qu'à descendre une pente d'une quinzaine de mètres couverte de fougères pour atteindre la berge, quand l'animal attaqua.

La femelle, lorsqu'elle avait découvert sa fuite, avait dû se mouvoir tellement vite et tellement silencieusement qu'elle avait réussi à courir parallèlement à lui sans qu'il s'en aperçoive, jusqu'à se retrouver à sa hauteur.

Il reçut le choc des pattes de devant et roula le long de la pente en tournoyant sur lui-même.

Nauséeux, il se releva en brandissant sa machette à deux mains, et attendit le combat final.

Au-dessus de lui, la femelle agitait frénétiquement la queue. Ses petites oreilles vibraient, captant tous les bruits de la forêt, mais elle n'attaquait pas.

Surpris, le vieux bougea doucement pour récupérer son fusil.

– Pourquoi tu n'attaques pas ? C'est quoi, ce jeu ?

Il arma les percuteurs et visa. A cette distance, il ne pouvait la rater.

Là-haut, la bête ne le quittait pas des yeux. Soudain, elle poussa un rugissement triste et fatigué, et se dressa sur ses pattes.

La réponse affaiblie du mâle se fit entendre, tout près, et le vieux n'eut pas de mal à le repérer.

Plus petit que la femelle, il était étendu à l'abri d'un tronc d'arbre mort. Sa peau collait aux os et un coup de feu lui avait presque arraché une cuisse. Il respirait à peine et l'on voyait que son agonie était très doulou-reuse.

– C'est ça que tu voulais ? Que je lui donne le coup de grâce ? cria le vieux, et la femelle disparut dans la végétation.

Il s'approcha du mâle blessé et lui caressa la tête. L'animal souleva lourdement une paupière. En exami-nant plus attentivement la blessure le vieux vit que les fourmis avaient commencé à le dévorer.

Il posa les deux canons du fusil sur le poitrail de l'animal.

– Excuse-moi, camarade. Cette ordure de gringo nous a tous gâché la vie. Et il tira.

Il ne voyait pas la femelle mais il la devinait au-dessus de lui, cachée, secouée par des sanglots presque humains.

Il rechargea son arme et marcha sans précautions jusqu'au rivage tant désiré. Il n'avait pas fait cent mètres qu'il put voir la femelle qui descendait rejoindre le mâle mort.

Quand il parvint au poste abandonné des chercheurs d'or, la nuit était presque tombée et il découvrit que les pluies avaient emporté la construction en bambou. Il jeta un rapide coup d'œil autour de lui et fut content de trouver une pirogue délabrée retournée sur la plage.

Il trouva également un sac contenant des tranches de bananes séchées, s'en remplit les poches et se glissa sous le ventre de la pirogue. Il soupira d'aise en s'allongeant sur le dos, en sécurité.

– On a eu de la chance, Antonio José Bolivar. Tu aurais pu te casser plusieurs os, en tombant. Oui, une vraie chance, ce matelas de fougères.

Il disposa le fusil et la machette à portée de main. Le ventre de la pirogue ménageait une hauteur suffisante pour qu'il puisse s'accroupir au cas où il aurait besoin d'avancer ou de reculer. La pirogue mesurait environ neuf mètres de long et montrait des déchirures dues aux pierres acérées des rapides.

Ainsi installé, il mangea une poignée de bananes séchées, alluma un cigare et fuma avec délices. Il était très fatigué et ne tarda pas à s'endormir.

Il fit un rêve étrange. Il se voyait, le corps peint aux couleurs chatoyantes du boa, assis au bord du fleuve pour jouir des effets de la natema.

En face de lui, quelque chose se mouvait dans l'air, dans la végétation, à la surface des eaux tranquilles, au fond même du fleuve. Une chose qui semblait avoir toutes les formes et se nourrir en même temps d'elles. Elle changeait constamment sans laisser aux yeux hallucinés le temps de s'accoutumer. Elle prenait brusquement l'apparence d'un ara, puis passait à celle d'un silure-perroquet qui sautait la gueule ouverte, avalait la lune et retombait dans l'eau avec la violence d'un gypaète fondant sur un homme. Cette chose n'avait aucune forme définie, précise, mais toujours, quelles que soient les apparences qu'elle prenait, demeuraient les yeux jaunes et brillants.

– C'est ta propre mort qui s'est déguisée pour te surprendre. Si elle l'a fait, c'est parce que l'heure n'est pas encore venue de partir. Chasse-la, ordonnait le sorcier shuar, en massant son corps las avec de la cendre froide.

La forme aux yeux jaunes se déplaçait dans toutes les directions. Elle s'éloignait, absorbée par la ligne verte, diffuse et toujours proche de l'horizon, et les oiseaux se remettaient à tournoyer en chantant leurs messages de bien-être et de plénitude. Et puis elle réapparaissait dans un nuage noir qui descendait avec violence, et une pluie d'yeux jaunes tombait sur la forêt, s'accrochant aux branches et aux lianes, illuminant la jungle d'un jaune incandescent qui l'entraînait de nouveau dans la frénésie de la peur et de la fièvre. Il voulait crier, mais les rongeurs de la panique lui déchiquetaient la langue à coups de dents. Il voulait manger, mais les minces serpents volants lui ligotaient les jambes. Il voulait retourner à sa cabane, reprendre sa place dans le tableau qui le représentait à côté de Dolores Encarnación del Santísimo Sacramento Estupiñán Otavalo et abandonner ces terres de cruauté, mais les yeux jaunes étaient partout et lui coupaient la route, oui, partout à la fois, et en ce moment même il sentait qu'ils étaient juste au-dessus de la pirogue, celle-ci bougeait, oscillait sous le poids de ce corps qui marchait sur l'épiderme de bois.

Il retint sa respiration pour comprendre ce qui se passait.

Non. Il n'était plus dans le monde des rêves. La femelle se trouvait effectivement au-dessus de lui, elle allait et venait, et comme le bois était très lisse, poli par le frottement incessant de l'eau, l'animal s'accrochait avec ses griffes pour passer de la poupe à la proue et on entendait, tout proche, son halètement inquiet.

Le bruit de la rivière, de la pluie et des mouvements de l'animal était tout ce qui le reliait à l'univers. La nouvelle attitude de la bête l'obligeait à réfléchir très vite. Elle s'était montrée trop intelligente pour croire maintenant qu'il allait accepter le défi et sortir l'affronter en pleine obscurité.

Quelle était cette nouvelle ruse ? Peut-être les Shuars avaient-ils raison, quand il parlaient de l'odorat des fauves ?

– L'ocelot capte l'odeur de mort que beaucoup d'hommes portent sur eux sans le savoir.

Quelques gouttes, puis un ruissellement pestilentiel se mêlèrent à l'eau qui entrait par les déchirures de la coque.

Le vieux comprit que l'animal était devenu fou. Il lui urinait dessus. Il le marquait comme sa proie, il le considérait comme mort avant même de l'avoir affronté.

De longues et lourdes heures passèrent ainsi, jusqu'à ce qu'une timide clarté se risque à l'intérieur de son refuge.

Lui, dessous, allongé, vérifiant que le fusil était bien chargé, et elle, dessus, avec son va-et-vient infatigable, le pas de plus en plus court et de plus en plus nerveux.

A en juger par la lumière, il devait être près de midi

quand il sentit que l'animal descendait. Il guetta les nouveaux mouvements jusqu'au moment où, sur un flanc, un bruit l'avertit qu'elle creusait sous les pierres servant de support à l'embarcation.

Puisqu'il ne répondait pas à son défi, la femelle avait décidé de le forcer dans son réduit.

En rampant sur le dos, il recula jusqu'à l'autre extrémité de la pirogue, juste à temps pour éviter les griffes qui venaient d'apparaître et lançaient des coups à l'aveuglette.

Il releva la tête, appuya la crosse du fusil contre sa poitrine et tira.

Il put voir le sang jaillir de la patte de l'animal tandis qu'une intense douleur au pied droit lui apprenait qu'il avait mal calculé l'écartement de ses jambes : plusieurs chevrotines l'avaient atteint au pied.

Ils étaient à égalité. Tous les deux blessés.

Il l'entendit s'éloigner et, s'aidant de la machette, souleva un peu la pirogue, juste assez pour la voir, à quelque cent mètres, qui léchait sa patte blessée.

Alors il rechargea son arme et, d'un coup, renversa la pirogue.

Quand il se redressa, la blessure lui causa une douleur atroce, et l'animal, surpris, s'allongea sur les rochers en calculant son assaut.

– Me voici. Finissons ce maudit jeu une fois pour toutes.

Il s'entendit crier d'une voix qu'il ne connaissait pas et sans bien savoir s'il l'avait fait en shuar ou en espagnol, puis il la vit courir sur la plage comme une flèche mouchetée, malgré sa patte blessée.

Le vieux s'agenouilla et l'animal, arrivé à cinq mètres de lui, fit un bond prodigieux, griffes et crocs sortis.

Une force inconnue l'obligea à attendre que la femelle ait atteint l'apogée de son vol. Alors il appuya sur la détente. L'animal s'arrêta en l'air, son corps se tordit, et il tomba lourdement, le poitrail ouvert par la double décharge.

Antonio José Bolivar Proaño se releva lentement. Il s'approcha de l'animal mort et fut ému de voir que le coup l'avait déchiqueté. Sa poitrine n'était qu'une immense plaie, et des débris de tripes et de poumons lui sortaient du dos.

Elle était plus grande encore qu'il ne l'avait pensé quand il l'avait vue pour la première fois. Malgré sa maigreur c'était une bête superbe, une beauté, un chef-d'œuvre de grâce impossible à reproduire, même en imagination.

Le vieux la caressa, oubliant la douleur de son pied blessé, et il pleura de honte, se sentant indigne, avili, et en aucun cas vainqueur dans cette bataille.

Les yeux brouillés de larmes et de pluie, il poussa le corps de l'animal jusqu'au bord de la rivière et les eaux l'emportèrent dans les profondeurs de la forêt, vers les territoires jamais profanés par l'homme blanc, vers le confluent de l'Amazone, vers les rapides où des poignards de pierre se chargeraient de le lacérer, à tout jamais hors d'atteinte des misérables nuisibles.

Puis il jeta rageusement le fusil et le regarda s'enfoncer sans gloire. Bête de métal honnie de toutes les créatures.

Antonio José Bolivar ôta son dentier, le rangea dans son mouchoir et sans cesser de maudire le gringo, responsable de la tragédie, le maire, les chercheurs d'or, tous ceux qui souillaient la virginité de son Amazonie, il coupa une grosse branche d'un coup de machette, s'y appuya, et prit la direction d'El Idilio, de sa cabane et de ses romans qui parlaient d'amour avec des mots si beaux que, parfois, ils lui faisaient oublier la barbarie des hommes.

Artatore, Yougoslavie, 1987
Hambourg, Allemagne, 1988.

COMPOSITION : CHARENTE-PHOTOGRAVURE À L'ISLE-D'ESPAGNAC
IMPRESSION : IMPRIMERIE BRODARD ET TAUPIN À LA FLÈCHE (04-03)
DÉPÔT LÉGAL AVRIL 1995. N° 23930-16 (18397)